自序：莫问收获　但求耕耘

在《青春·无处安放》孕育出版之际，同一年我迎来了我的第二个孩子。因此这一年，两件事对我而言都是特别有意义的事情。

白驹过隙，青春尔尔。时下朋友圈充斥着一大关键词：回忆。于是在大片情节中，我带着自己的思绪，回到了十六七岁，在这本书中记录了那个时代人们的生活、思考和行动。不知道真诚地写那个时代的幼稚，会不会找到同盟。我极尽能力叙述自己对那个时代的追忆，却不免有言不达意之处。如同今年的我看去年的自己写下的文字时，总不免有幼稚的嫌疑，希望读者在阅读时能足够宽容。写这本书时，我并没有受过专业的文字训练，只是凭借兴趣和动力，以及对待某些事物的感悟而写作，起初我只是在朋友圈里发，而后又放到了微信公众号“HIF工作室”之中，是家人、朋友们的鼓励和支持，让我坚持完成了短篇到长篇的写作，我由衷感谢他们。

一开始的初衷，只是想尝试自己创作一部作品，不曾想过作品能够发表，随着慢慢积累，公众号中不断有不同声音的反馈，越来越想把它用某种介质记录下来，毕竟像培育孩子般浸入了自己的感情。

生命长河中，都是平凡而重复的，而小说的构建需要的是跌宕起伏，每本小说的作者，又可以说是它的导演，在一个特定的时代背景下，用作者的思想、判断、道德来导演着几个主人公的命运，又或者说是作者的三观来驾驭着书中事态的开始、发展以至结局。

所以，对于想要继续创作的我而言，坚持阅读，尤其是当前流行的畅销书，是非常重要，也是非常必要的。因为阅读它们可以帮我了解读者喜欢读什么内容，这样我可以学着调整自己的写作。

“路漫漫其修远兮，吾将上下而求索”，生活中很多事情都是在千变万化中，但不同的是有人不忘初心，坚持了梦想；有人另辟蹊径，选择了放弃。在这个越来越多元化的年代，我们会不自觉回首那个“芳华”年代的自己，光环也罢，失落也罢，都是匆匆岁月。希望可以通过作品，获得一些“记忆”，以至不会有蹉跎了岁月的遗憾。因此，莫问收获，但求耕耘，我信奉于它，也践行于此。

2018 年 1 月 2 日写于北京

常慧琴

目录

前言

心情就像晴雨表，雾蒙蒙的恨不得挤出水来。有时候世界都看似明白的道理却恰恰讲不出来，理不出来。石榴并没有幸运如天之骄子般的骄奢，没有豪华玉锦的配饰，也没有遥不可及的达贵，她却偏偏自恃清高，幸福得足以把全世界压在脚底。唯一存在的是石榴有一份大多数人不可企及的爱……忽然间，没有了，那种本就不稳定的自垒情感帐篷轰然倒地，让她辨不清方向，猜不到实处。她是幸福的，恰恰，她也是可怜的 ………

多年以后，同学聚会上，两人再次相遇，她到得晚，看见他在走廊上，知道：他在等她。她故作接电话，电话放下，不知该如何打破尴尬。恰好，迎面过来另一位同学，寒暄起来，也就把一场未曾开始的尴尬彻底解除。落座后，一桌的同学互相问候，多年不见，彼此问候不停打听着。他们正好坐在对面，余光中不经意注视着。他假借说话之时会瞄她一眼，偶尔互相对视又匆匆垂下眼睑……同学聚会从中午一直持续到晚上，她借口晚上家里还有事就先出来了，刚出饭店门就看见他跟了出来。

第一章　留守儿童原型

北方的乡村，一个山清水秀的地方，石榴童年恰恰在这样的山村度过。老人的慈祥和溺爱，童伴的打闹和陪伴，乡村人们把石榴看作“来做客的城市人”，对她格外照顾。这一切祥和美好围绕着石榴，无忧无虑中她长大了。除了家乡的蓝天、土地、水库、麦田、亲人和鸡笼，外面的一切一切，对她来说都是不相干的，也是陌生的。而这一切，在父母接她回城上学后，戛然而止……

后来的石榴曾对爸妈说，自己算是最早期留守儿童的原型。

那段乡村时光对石榴是难忘美好的，与此同时城市环境适应起来又是很难熬的。

“知足点吧，跟着我们长大不轻松啊，你看你弟那么懂事就知道边上班边带他多不容易！”石榴爸总觉得石榴不懂事，对石榴偶尔表现出来的没在父母身边长大的嗔怪甩上一句话。只有当妈的心疼石榴，感觉自己亏欠了石榴童年的母爱。个中滋味也只有石榴自己体会得到……，好在已经长大了。

石家是再普通不过的双职工家庭，弟弟石英胆小老实，懂事听话。石榴已经十二岁了，不胖不瘦，身材匀称，乌黑的头发梳成两条细长的小辫。弟弟石英比姐姐小三岁，高鼻梁，圆脸蛋，一脑袋乌黑卷曲的头发，他那排雪白的牙齿当中，缺了颗门牙，一笑起来，就成了个豁豁牙，十分讨人喜欢。在外面，都是石榴护着弟弟，哪个男娃找石英麻烦，打架吵架都是石榴冲在前面。这个年龄的男娃们还是怕身形高大的石榴，她两手交叉在胸前，眉毛一横，圆圆眼睛一瞪，麻花辫往后使劲一甩，自有一股英气。

“要打架呀，小屁孩，不服就比试一下！”那气势堪比要决战一般。

石英问她：“姐，万一他们一起上来打咱呢？”

“你以为我不怕吗？一定要在气势上吓倒他们！他们要是敢真打……我肯定……。咱不怕，反正我能对付得了他们！”等小孩们都散了后，石榴松口气，放下端着的气势。

“石英，你看他们都是娇气包，只会吵吵几句，不敢动真的，以后别人就算打你也不许哭，听见没？”一边的石英撇撇嘴，看起来一副要哭的样儿。

石榴心软了：“没事，有姐保护你，走，赶快回家，回去爸肯定骂咱们。”

果然，一进家门，石安顺已经冲出来喊道：“又去哪疯了，放学不见人，你妈都下楼找你们好几趟了！”往往这种情形，石榴对父亲既不顶撞也不多吭气。为她这副犟模样，没少挨骂。

石英跨到石榴前面，昂起脖子说：“爸，我们老师下课让留下来打扫卫生，我姐一直等着我，就回来晚了。”石安顺典型的重男轻女，当年生石榴时，知道是个女孩，还埋怨过石榴妈。再加上石榴自小就被送到了老家，回城后好多习惯、学习都比不上石英，石安顺也就更看不顺眼她，石榴也是性子烈，平日里愣是没少挨石安顺的骂。外面，石榴保护石英；家里，石英总护着姐姐，石安顺嗓门一高，石英就冲在姐姐前面。姐弟俩关系比一般姐弟更亲，上学放学都一块相跟着。

90年代，电影院还叫文化宫，文化宫看电影的人也不多，里面座位都是一排排的黄色“硬座”。石榴特别不喜欢文化宫里的味儿，总是潮乎乎、臭烘烘的，地上永远散落着纸片、果壳和烟头。尽管这样，石榴和石英还是喜欢溜进文化宫看电影。偶尔文化宫售票阿姨“松松”

劲，免费让他俩进去。台湾电影《妈妈再爱我一次》，姐俩看了三遍，石英每次都哭得稀里哗啦，石榴本来看着也感动，看到石英的样子倒哭不出来了。

“你这样长大了谁嫁你？动不动就掉金豆子！”

“我看他太可怜了嘛！姐，你说那小孩后来怎么不早点找他妈呀？”

“别想了，那是电影，假的，导演安排的，你这样爱哭鼻子将来娶得着媳妇吗？”

石英哭着就乐了，脸也红了。看电影时，石榴和弟弟会买俩“雪人”雪糕，边吃边盯着屏幕看电影，在石榴的童年看来再幸福不过了。

石榴和石英对看电影的喜爱程度与日俱增，但凡放个新片都不想错过。

“石英，听说今天上映《真实的谎言》，美国电影！放学快点儿，校门口见，得快点儿，咱去买刚出锅的饼子带上吃。”

“姐，跟咱妈说了吧？”石英临进教室又追出来问石榴。

“说了，跟妈说了，赶快进教室吧。对了，铅笔削好放你书包前口袋里啦。”

从早上就盼着放学，石榴现在最大的爱好就是花五毛钱和弟弟去看电影，妈妈苏红不太愿意让他俩去看，让他们去看的话也是瞒着石安顺。

不过，苏红性子好，不耐磨，嘴上不答应，禁不住姐弟俩嬉皮笑脸磨一磨也就同意了，一边往外掏钱，一边嗔怪着：“俩败家子，一个月往文化宫送不少钱。以后不准去啦！”

姐弟俩接过钱，石英嘴甜，先给妈妈捶背，然后干脆一把搂上妈妈脖子：“妈，你真好，是世界上最疼孩子的妈。”一边说一边还唱上了：“世上只有妈妈好，有妈的孩子像块宝……”石榴站在一边，看着弟弟与妈妈的亲昵，心里是无限羡慕的。

“石榴，看紧点你弟，他老是冒冒失失的。”石榴妈回过头用指尖轻轻戳了一下石英。

“多跟你姐学，都四年级了，还哼哼唧唧的，将来长大了还这样腻歪可不行！”

石英脸一红，“知道了，多跟我姐学！”他一笑就露出了他的“豁豁牙”。

好不容易捱到放学，下课铃一响，石榴第一个站起来，把书本文具直接扔进书包，胡乱一扣就从教室后排往门口冲。

正收拾讲桌的班主任孟老师抬头看见她急匆匆的样子喊道：“石榴，着急忙慌的，干什么去？慢着点！”石榴做个鬼脸瞬时脚步忙收紧了，慢走到教室门口，估摸老师看不见背影了，赶紧飞似的从六年级教室一溜烟跑到石英班的门口。

“还没下课，又拖堂！”从玻璃上看，讲台上的老师还没有下课的意思，举着课本，时不时扶一扶架在鼻梁上的眼镜，在黑板上抄着什么。

“快点呀，看不到开头多没劲呀！这老师真磨叽！”石榴正嘀咕着，不小心轻碰了下玻璃，就听见里面喊：“谁在外面扒窗户呢，进来！”

石榴吓得脸都红了，拎起书包顺着墙根钻到了教室另一侧，竖着耳朵听了半天，没人找过来这才松了一口气。

“吓死我了，好在没找过来。”石榴拍拍胸脯又等了一会儿，还没有下课的动静，又有点站不住了，绕到教室后门，趴在玻璃上往里张望，压根没注意到背后站着的人。

"同学,你找谁呀？刚才是你扒窗户吧。"石榴魂已经飞出一半了！半晌战战兢兢扭过头来，回头一看气不打一处来，竟是他们年级出了名的捣蛋鬼梁洛飞。

一看吓住了石榴，梁洛飞扑哧笑出声来，指着石榴越笑越大声，看看教室里面，又赶紧捂上嘴， 还是咯咯笑个不停，石榴又急又气。

"讨厌，走开，关你啥事！" 石榴正要拿着书包打他，里面下课了。石英早从窗户玻璃上看到了姐姐，他第一个冲出教室。

"姐，老师一直不下课，急死我啦！"石英边说边往书包里又塞了塞铅笔盒。

"快走，已经开演了，等会来不及买饼子了。"石榴拽着石英手刚要走，又想起什么，甩了一下麻花辫，狠狠瞪了一眼低头踢着石头块，还不断发出吸鼻涕声的梁洛飞。文化宫和学校离得不远，出了校门拐一道弯就到了。上台阶时，石榴一手拎着书包，一手拉着石英，弟弟走得慢，书包还敞着口没扣好。

文化宫门口已经没人了，兴许是上台阶太快，石榴一个趔趄，松了一下手，那边石英已经惯性飞了出去，顺着台阶滚了两圈，停在了两级台阶中间空地上。等石榴反应过来，石英已经捂着腿半蹲着哭起来，小脸憋得通红。夏天本就穿得少，短袖胳膊处已经出现了几道刮痕，其中一条还渗着血。石榴扔下书包跑到石英面前蹲下来。

"让姐看看伤哪了？"石榴想扒开石英的手看仔细些。

"姐，脚疼，呜呜……"石英疼得额头上都渗出汗了。

石榴小心翼翼地看了看石英的腿和脚，"敢站起来吗？"

“疼，姐……我怕！” 石英小脸拧巴着，疼得泪珠直蹿。

“我给你揉揉，别怕，姐在这。”石榴刚碰到石英的脚，石英已经嗷嗷叫了起来。

“咱上医院，小英你忍忍，我背你！”石榴又心疼又害怕，她想背石英，石英疼得不让她动。

石榴急得额头上直冒汗……

“别碰他脚，上回我踢球扭了脚就这样，疼着呢！”不知梁洛飞从哪儿冒出来，“我背他，你扶一下。”说着已经蹲下来让石英把俩胳膊绕到他脖子上，“啊，疼！”石英喊疼，想推开他。“男子汉，坚强点！”梁洛飞一脸严肃地站在原地。

石榴又急又气，“没听我弟疼吗，背不了我背！”梁洛飞没理她，背起了石英，朝医院快步走。石榴气喘吁吁拎着三个书包，一个劲儿叮嘱梁洛飞，让他小心点儿，别碰着石英。妈妈苏红是这家医院的护士，沿途路过的熟识的大人已经捎话给了苏红。三个小孩刚到急诊室，她也飞奔过来。

“骨折了，得打石膏。”刚听到医生这么说，石榴耳朵里就嗡嗡一片，“怎么这么严重呀……”石榴心里默念着、祈祷着，恨不得双手合十，祈求菩萨保佑。“早知道不看电影了，都怪我。咋不换我骨折呢？”石榴懊悔着，恨得自己牙痒痒。石安顺也骑着自行车从单位赶过来。听说是去看电影，在文化宫摔伤了，不由分说，“啪”一巴掌甩在石榴脸上。从农村老家回到城市父母家，这是石榴第一次挨打，半晌石榴脑子一片空白，苏红见状赶紧推开了石安顺。

“你还有工夫打石榴，石英还疼着呢，赶快进去看着石英！”苏红本来也气，这会儿又心疼地把石榴拉到自己身后。

“屁大点儿小孩看什么电影，看把石英给害的，要是有啥事，看我一会儿再收拾你！”石英脚踝处骨折，医生说赶上了寸劲儿了。自那以后，石英打了四个月的石膏和绷带，再往后，石榴再没去过文化宫，在家里原本话就不多，自此后更不愿意多跟家里人聊天了，除了弟弟石英。

石榴不知道是不是因为在医院被爸爸打的那一巴掌，也不知道是不是因为是在众人面前打了她，还是因为恰恰让梁洛飞看见了她挨那一巴掌，总之，她像患上了“情绪闭合症”，跟父母更不亲近了。倒是有一点，石榴比以前学习成绩好了，在年级排名比较靠前。初中时，梁洛飞和石榴分到了一个班，估计是梁洛飞上次背了石英的缘故，石榴对他也没那么多敌意了。不过，石榴打心眼里看不上这个学习上的“差等生”，体育上的“尖子生”。

人与人之间，就是一次遇见和一次别离。有些人，遇见和别离只有一刹那。而梁洛飞和石榴的遇见和别离注定要用一生来完成。

……

第二章　你裤子上脏了

石榴特别不待见梁洛飞，他总挂着擦不净的鼻涕，夏天脸上常有着黑黑的汗印，身形高大，晒得乌黑，头发也是长长短短的，从你身边走过总有一股臭烘烘的味道。上课自己不听就算了，临近同学都不能消停，不是捣乱同桌，就是捅一下前排或者捏一下邻桌的同学，换了一拨拨的同桌，班里实在没人愿意跟他坐，同学在背后管他叫“梁洛匪”。老师不知叫了多少次家长，最后跟梁洛飞爸下通牒：“再上课捣乱别的同学就给他调班。”然而，对于石榴来说，不幸的是，初三时她“终于”跟梁洛飞成了同桌。

石榴前排的宁婷婷，转过头对着石榴幸灾乐祸，一吐舌头：“石榴，挺住，我们都倒下了，你千万挺住！”

石榴找班主任赵老师抗议：“梁洛飞打扰我学习，我是要考重点高中的，跟他坐同桌学习会受影响。”

赵老师拿起水杯，抿了一口：“石榴，你可是咱班的学习委员，有责任带着学习不好的同学一起进步。”赵老师吹吹漂浮的茶叶末，喝了一大口，把茶缸盖扣上，扶了扶眼镜，慢条斯理地清了清喉咙：“先坐一段时间，他要是再捣乱，老师肯定把他调开。”“我，我不……”石榴本想再说，看老师已经落座，低下头开始批作业了。“已成定局！”她只有耷拉着脑袋回班。一进班，看到梁洛飞斜靠在自己旁边的课桌上，正手舞足蹈比画着，石榴更心烦了，她恨不得赶紧初中毕业，一天都不想和这样的人同桌，以后怎么熬呀……

班里都是一人一个独立课桌，用布桌椅套罩着，只是学校要求把两张课桌拼成双人桌。石榴个子高，坐最后一排，她故意把课桌使劲往旁边拉了又拉，也没搭理梁洛飞。“忘恩负义，以为谁愿意坐这儿！”梁洛飞用卫生纸擤了一把鼻涕，随手揉成团扔进了书桌，然后把书桌往旁边也使劲拉了一把，还故意把书桌拽出刺耳的声音，惹得全班同学都回头看他俩。夏天本来就热，只有教室顶上两个大风扇“呼哧哧”转着，外面知了叫一阵歇一阵。自习课上，石榴刚从梁洛飞擤鼻涕的恶心劲儿缓过来，安下心开始做一张试卷。一股酸臭的味道让她再也思考不下去，她下意识看了看旁边，“你上课脱鞋，梁洛飞！”石榴眉毛都竖起来了，她赶紧捂住鼻子，没好气地喊：“快把鞋穿上，你球鞋不洗吗？讲不讲卫生！”石榴觉得自己快不能呼吸了。殊不知，这仅仅是他们同桌的开始。

梁洛飞喜欢玩各种小动物，特别爱爬行动物，从养蚕到玩蚯蚓、抓乌龟、逮蛇，甚至生物课上还偷偷带着男生解剖青蛙，他胆子很大，没有不敢干的。为此，班上男生都很崇拜他，对他言听计从。女生却对他又恨又怕，退避三舍，怕梁洛飞拽她们辫子，把死泥鳅扔她们身上。

这天，上课铃响了，石榴从教室外面走进来，只见梁洛飞吹着口哨，佯装从桌子上刚睡醒，还打着呵欠。石榴总觉得他有猫腻，却也不知道问题出在哪儿。懒得继续猜了，坐定下来，她从课桌里打算抽出下节课要用的课本，突然，石榴摸到一个软软的、黏黏糊糊的东西，她侧脸下意识瞪了一眼梁洛飞！慢慢从书桌里把那团东西取出来，竟是褪下来的“蛇皮”！此时此刻，换作别的女生估计得晕过去，只见石榴一脸镇静，不慌不忙把东西扔到梁洛飞面前，“本姑娘从五岁就开始玩这个了！”梁洛飞一时傻眼了，原本等着看场好戏，挫挫石榴趾高气扬的气势。他哪知道，石榴在老家农村都见过也摸过这些。

从此，他上课再也没敢捣乱过石榴，他算是被“女中豪杰”降服了！

只是，梁洛飞依旧鼻涕不断，课桌里常常攒好多天的鼻涕纸团，石榴觉得他简直像电视里的“黑猩猩”，长得丑还出来吓人！石榴想再熬两天就跟老师说换座位的事情，她一天都不愿意和梁洛飞坐同桌了，忍也忍不下去了。直到发生那件事……

这天上体育课，石榴突然感觉裤子湿湿的，“糟了！我是不是‘好朋友’来了呀。”赶紧跟老师请了见习假，跑去厕所。梁洛飞学习是不好，体育成绩却是年级都数得上，是班里体育班长。平常生龙活虎的他，这两天闹肚子，今天已经跑第三趟了。刚出厕所，就看见石榴捂着肚子走在前面。

“好学生也逃课！啧啧……”梁洛飞故意扯高嗓门，大摇大摆从石榴身边走过。石榴没理他，头也没抬，肚子疼得有点直不起腰。没走两步，见梁洛飞又返回来，横在自己眼前，石榴疼得都快掉眼泪了，真没工夫搭理他。想绕开他走，梁洛飞伸手拦住她，把自己外套脱下来，不由分说一把塞给了石榴。

“我这可是出于人道主义，路见不平，行侠仗义嘛！”石榴还没反应过来，塞过来的外套一股汗臭味道袭来，石榴想也没想就打算一把扔回给他。

“你裤子，裤子上脏了！”梁洛飞支吾着，脸通红，说完一溜烟跑没了影。

石榴从有点懵突然下意识想到了，赶紧拿衣服遮住了后面，脸从白到青，又变成了发烫的红色。

“丢死人了，丢死人了……梁洛飞不会告诉别的同学吧。”后面那节课，石榴自始至终都没敢抬头，压根没听见英语老师在讲什么。

整个下午，她都不敢离开座位，腰上一直绑着那件“遮羞”的上衣，眼睛也没好意思看向旁边的他。捱到放学，梁洛飞故意把一个写了字的本子推到她跟前。

“这可是小爷第二回救你了，生理课老师刚讲过，小爷那节认真听课了，不谢！”石榴本想把本子“飞”向他，又想瞪眼睛，骂梁洛飞“不要脸”，话到嗓子眼还是忍住了，憋红了脸不好意思抬头。洛飞得意地拉着几个男同学唱着歌打乒乓球去了。自此，石榴好像不再那么讨厌同桌这只“黑猩猩”了，除了他擤鼻涕依旧很大的声音还有书桌里连续几天不清理的鼻涕纸以外。

在紧张学习当中，很快熬到了毕业季，石榴很确定自己未来的目标就是考取重点实验中学。而梁洛飞还是一如既往不爱学习，上自习常看武侠小说，看累了就睡觉，要不就拿几张纸随手比画，一边用铅笔专心“创作”他的武侠世界。石榴看过他画的武侠画，还挺像回事，心想：“只要不捣乱本姑娘学习就行，毕业了我就可以彻底结束跟黑猩猩的比邻生活喽。”

她不知道，接下来，命运还真是跟她开了个不大不小的玩笑……

第三章　下岗

二十世纪九十年代，随着社会主义市场经济体制的逐步建立，经济发展由粗放型转向集约型，劳动就业也由政府主导逐渐转为市场主导，在这样的背景下，国企改革引发了一场轰轰烈烈的下岗潮。石安顺所在的工厂就是其中倒灶的企业。初三紧张的学习让石榴很耗脑力、体力，上午第四节课她的肚子就已经饿得前心贴后心，肚子咕咕直叫了。

一进家门，石榴就钻进厨房找有没有能吃的。石英蹑手蹑脚走过来，食指压在嘴上往里屋比比手势，小声说："姐，爸说他下岗了，厂里好多人都让回家了。"石榴顿时一激灵，停下了手里动作。

"下岗？什么是下岗？爸呢？"

"那屋呢，跟妈说话呢。"

石榴姐弟俩贴着墙根，站在靠里屋的门边上，听见石安顺低声说着："我们从参加工作就到了钢厂，为它奉献了青春，把厂房建起来了，设备也搬来了，到头来却用几万块钱，让我们买断'工龄'打发我们回家，这公平吗？"

苏红立在一旁，手里拿着一张纸盯着看，估计那纸上写的，跟刚才石榴爸说的是一回事。"唉，我今年都四十了，再上哪儿找工作？还能干啥，炼了二十年的钢，下场是这样！不行，我得找他们说说去，哪有这世道！"石榴轻轻拽了拽石英，姐弟俩轻手轻脚挪回自己房间里，肚子早没了饥饿感，里屋父母的对话她算是听懂了。

"爸接下来会去啥样的单位上班，姐？"石英满面愁容拉着石榴的胳膊问。

"我也不知道，这阵子最好乖点，别惹爸，他心情不好。"石榴下意识看看门口。

“嗯！姐，以后咱家就变穷了吧，只有咱妈上班。”

“嘘，别说了，以后别在家里说这个。咱俩去看看能做点啥吃。”石榴能炒几个菜，这在邻里都是受过夸奖的，苏红特别欣慰姑娘能够这么早懂事。

那年的春天，乍暖还寒的季节，石安顺下岗待业赋闲在家。这对收入微薄的工薪家庭来说，无疑是一场变革刚刚开始。石安顺变得沉默寡言、郁郁寡欢，深夜客厅忽明忽暗的烟火中，隐约能看到他踌躇沉思的脸，苏红常躲在一边偷偷啜泣，她劝了很多次石安顺“从头再来”，但连她自己都知道“从头再来”谈何容易！石榴记得那段时间，爸爸单位下岗的人特别多，隔三岔五就会有人到家里，哭诉自己这么多年在厂里的辛苦劳作，都是跟石榴爸一样，干了一辈子，突然让下岗，年龄又大，家里还有好几口子要吃喝，每次石安顺和苏红都陪着掉眼泪。

命运就是这样，世态万千，等待我们的明天也许都不是一帆风顺的。但是，能怎么样呢，工厂改革抛弃了他们，他们不能抛弃家里的老老小小。所以，生活必须收拾好行囊继续呀。也许，从那时起，石榴所经历的这一切，就为小小年龄的她，埋下了吃苦和奋斗的决心。

在遭遇了父亲的下岗后，石榴要面临的选择也出现了……

老师下发了报考志愿通知书，班里的学生都陆续填报了中考志愿。拿到志愿书，石榴看着重点高中那栏发呆：想到爸爸每天愁眉不展、哀声连连，妈妈要到晚上市场收摊后再去挑便宜菜买的情景，她突然犹豫了。

教室外面槐花正在怒放着，白绿相间之中诉说着季节的美好。大自然就是这样，无视它面前的人在遭遇着什么、经历着怎样的生活，依旧将香甜浓郁的气息带到世界每一处。

管鹏扭过头问石榴："石大侠，你是报实验中学吧，我也报，咱俩能分一个班就好了。"

见石榴低头没理他的意思，又转过去问梁洛飞："洛飞，你呢，报哪？"

"你小子明知故问，我这成绩能报哪，在普通高中混着就不错了。"说着头往石榴前面一晃，"你说呢，高才生！"石榴没吭气，迅速把志愿书收好，放进了书包，拿起水杯，扔了句："上哪还不都一样。"就出了教室。

"装什么呀！好学生就爱装，不招待见。"梁洛飞一副不屑的模样，继续画着自己创作的"武侠插图"，一边还发出"呼哈、呼哈……"声音，比画着拳脚。

"哎呀，洛飞，你画的乔峰太像啦，啧啧……神了！你这个还挺行！"宁婷婷看到梁洛飞的画咋呼起来。

老师已经催过几遍石榴了，全班就差她没交志愿书，石榴谎称忘签字了，赵老师让第二天必须交。晚上，石榴坐在书桌前，一遍一遍在本上划拉着，石英凑到跟前，"姐，你都写了满页的'实验中学'了，咋啦，出啥事了吗？"

"哦，没事，想走神了。"石榴赶紧团起纸，扔进了纸篓。就在刚才以前她还不知道自己该报什么，当看到石英那一张关切自己，略带稚嫩的小脸时，她终于下决心了。

"你这孩子主意也太大了，改了，赶紧改了。你学习成绩年级靠前，报重点高中没问题，报什么中专，还在北京？也没跟我们商量一下就决定了呀？”苏红刚看到石榴的志愿书，已经生气了，“还有没有新的，改了，改了，上重点高中，将来还……”转念想到家里的经济条件，苏红迟疑了。顿了顿，小声说：“家里会好的，你只要考上大学，爸妈就能供得起。”

“妈，我就上中专吧，我想早点上班，小英将来考个好大学，一样的。再说，万一考不上呢，还得再上我们学校高中呢。”一直没开口的石安顺站起来，看了看志愿书，又看了看石榴，现在家里这个情况，还有别的选择吗？对这个半辈子钢一般的男人，这无疑来说，更是一种煎熬和无奈。

“石榴，是爸不好，爸以前对你不够关心，对小英偏心，那回在医院还打了你，爸……都知道，爸跟你赔个不是！”回到父母家后，这是第一次，爸爸很重视她，石榴觉得自己从未有过的重要，浑身笼罩在暖暖的亲情和爱意里。那一晚，石家在一起哭了很久，聊了很久，石榴终于捂着嘴哭出了声。第一次，从农村回到父母身边后，她把她曾经的无助、曾经的害怕到渐渐消失的孤独感全部哭了出来。第一次，她摸到了爸爸的手，那双经过炼钢洗礼的粗糙的大手，在她哭泣时轻轻地拍着她，她感到从未有过的安全和踏实……

石榴顺利考上了北京的师专。那个暑假，石安顺的百货小商店也开张了，他们在小区租了个门面：米面、蔬菜、粮油、五金件、小百货应有尽有，还兼修车补胎。在那个阳光灿烂的夏季，石家显得特别忙碌，又恢复了往日的欢笑，家里有新收入了，对这个小家庭来说无疑是最大的幸福。石榴和石英暑假都在店里帮忙。

“姐，我觉得爸爸下岗是对的，除了不能再吃钢厂的冰棍，感觉还是开百货商店好。”说着从货架上拿了一包“大红门”方便面要打开。

“你还说，店里的方便面都赶不上你吃！”石榴拍了一下石英，把方便面从石英手里夺回来。“让他吃，让他吃，他能吃多少！”石安顺乐呵地看着俩孩子。“爸，你总向着小英。”说完，石榴跑出去追石英，迎面碰上了刚进来的宁婷婷，“叔，我买瓶醋。石榴，你哪天走呀。班里同学都说要去火车站送你呢。”

不想分别的日子还是到了。班上上中专的同学不多，那天来送石榴的同学站了大半个站台。队伍里，石榴看到了梁洛飞，依旧邋遢的样子，脸上留着两道黑汗印，马上掉下来的鼻涕一抽又吸回去了。石榴挥手跟大家告别着，像是在与安城告别，更像是与过去的自己告别。石榴坚持自己去报到，她觉得，是时候该自己锻炼自己了，尽管那年她才十五岁！

火车启程了，喷着两团热腾腾的蒸汽向前缓缓开去，不知为什么，石榴内心特别亢奋，没有想象中离家的忧愁，相反，有一种将要奔向远方的憧憬以及按捺不住的兴奋。中专这三年，无论如何，还是奠定了她今后一生的追求。

第四章 海淀图书城

伴随着清晨的第一缕阳光，火车缓缓驶入北京。车厢里一遍遍播放着《祝你平安》《常回家看看》……整个车厢满满当当，座无虚席。起身上个厕所，还得赶紧让旁边人给占着座位，不然回来就没地儿了。第一回出远门，石榴一路上保持着高度警惕。“别跟不认识的人搭话。”“把钱放好。”“遇到啥情况找乘警。”苏红出门前叮嘱了一宿。

一晚上的硬座坐得石榴腰都酸了，三个人一排的硬座，人们仰头靠后睡着的，趴在小桌板上的，还有干脆铺张报纸睡在小桌板下的……可谓睡姿百态。车厢里混杂着呼噜声、聊天声、小推车叫卖声……尤其到了后半夜，又困又乏，石榴真想赶紧到站。就这样半睡半醒间，石榴迷迷糊糊斜趴在小桌板上打了个盹。“到北京了，快看，前面那座大立交桥！”石榴揉揉惺忪的睡眼，瞬间已经有几个脑袋挤在玻璃上往窗外看。大家对首都充满了期待和向往。

“看见了吗，那条大马路再往北就是北京电视塔。别挤，别挤，你们在这儿也看不见，还远着呢……”有来过的人自动充当导游带着几分“得意”给大家介绍。石榴审视着这个城市：马路宽阔整齐，大街上林立着高桥，各式小汽车飞驰，黄色的小车格外显眼，有的公交车上面还带着电线，沿途公园晨练的人们在唱跳着……这个城市太新鲜了，就在昨天，石榴还在假想着来到这里的感受，现在，她真的来了。她甚至觉得家里条件不好而选择中专是老天眷顾她，要不然她怎么能这么早来北京上学呢？

从北京站出来，石榴沿途打听到了师专来的接站车：一张桌子上放着一块牌子，旁边坐着两位老师。已经有几个坐火车早到的女学生在那等着了。看样子都是按照报到须知上的建议，带着一个简单的箱子还有一个小挎包。这么看，只身一人来报到并不稀罕，石榴还担心人家问没家长陪着来报到是怎么回事呢！虽然都是十五六岁的孩子，不过，谁让穷人的孩子早当家呢?

中专的三年，对于石榴来说是继农村回到城市生活以后，最快乐最惬意的三年。那时的师专已经开始收取部分学费，石榴为了减轻家里的压力，在学校办公室登记了在校勤工助学，同时石榴又找了份家教。她就读的师范学校在北京城西，也算是市中心，属于繁华的闹市，出入都挺方便。但这所学校算是“闹市中的一方净土”，校方对这些出门在外的孩子管理比较严，用石榴同班同学李大年的比喻就是“闹市中的监狱”。宿舍有八个同学，全都来自天南海北不同地方。石榴与当中的王晓文脾气相投，很快成了无话不谈、形影不离的好朋友。晓文在北京有亲戚，一到周末都回亲戚家住两天(北京刚开始双休日)。石榴周末要么跟别的女孩去逛逛街，要么就待在宿舍洗洗涮涮、看看书打发时间。这些不满十八岁，脸上还未脱稚气的孩子们聚在一起，来到这里学习,躲过了中国传统应试教育的裹挟,但是又距离大学的“老练沉稳”还有点儿距离，于是更增添了几分自由、天真和烂漫。他们这个年龄也许还小，不足以架起“专业”这个词汇。师范报考的学生以女生为主，在这样女多男少的氛围内，他们享受着师范这种特色教育的住宿生活。

石榴的印象中，她所在的师范学校给了她“志趣盎然的课堂”“丰富多彩的活动”和“多才多艺的体验”，对于和她一样的年轻人而言，是一个富于理想气质的生活空间。

这天，照例到了周末，同宿舍的赵敏敏非拉着石榴去换书，说是上周没买对。“石榴，就陪我去一趟吧，离学校不远。”石榴正洗着衣服，拗不过她缠着，就把衣服先泡在水房里跟她出了门。

“北京海淀图书城”在京城的西北方，后来石榴才知道，那儿离学校远着呢。俩人可以坐地铁，快！但对于穷学生而言，票价远比时间对他们更有冲击力。当时的地铁价格比公交车贵，当然如果有地铁月票就不一样了。后来有人转让给石榴一张地铁月票，她跟淘着宝贝一样。那时候一张地铁月票被炒到好几百，拥有一张地铁月票，不仅出行方便快捷，物美价廉，绝对也是北京身份的象征。

“这都倒第三趟公交了,你还说不远,你这是要到哪儿去换书呀？”

“不远了，不远了，再坐个六七站就到了。”

“我衣服还泡着呢，早说我把衣服晾起来，下次看我再信你！”石榴满脑子都是泡在水房里的衣服。

“回去我帮你洗还不行吗？好石榴，快到了，快到了。”北京的冬天特别冷，那个年月风吹在脸上跟刀子刮似的。那时候能穿羽绒服的算是少的，多数人裹着厚厚的棉服蜷缩在座位上，依然是瑟瑟发抖，坐着走风漏气、晃晃悠悠奔驰在宽阔大街上的公交车，俩人在半睡半醒中终于到了海淀图书城。

“中国海淀图书城”几个大字镌刻在书城南口的仿古牌楼上，她俩从南口进去，途经“中国书店”，石榴这才看清书城主楼共有四层，人群熙熙攘攘，有学生、进书的、租书的还有老外。

“快点走，石榴，就在二楼。”赵敏敏摘了手套，捂了捂石榴冻得通红的耳朵，她觉得大冷天的把石榴拉来换书有点不好意思。

“石榴，这本书我是给我同学买的辅导书，找了很久只有这儿卖，上个礼拜又没买对版本。你能陪我来太谢谢了。”赵敏敏拉着石榴赔着笑脸。

石榴趁着赵敏敏换书的时候，在二楼的店铺逛起来。二楼社科作品为主，国内外最新学术著作应有尽有，还有社科院的博士论文集，兼有欧美艺术、设计、建筑、音乐等作品，还有字画、装裱之类的。总之只有你想不到的，没有淘不到的。

就是在海淀图书城，这么一个汇聚着人文、科学和商业的混合地带，石榴学到了很多师范学校老师所不能给予的，就是在这里，她淘到了她人生第一桶金。

第五章 人生第一桶金

自从跟赵敏敏到过海淀图书城后，石榴偏执地爱上了那里，她愿意在那儿待上一整天，翻看种类繁多的中外文学书籍。时间久了，发现书城以法律、文学、经济三类书为主体，辅以古书、考试辅导书、音乐、建筑等各类书籍。一到周末，便道上自习车停得满满当当，过往只能侧身通行，周围北大、清华各院校的都喜欢到此一游，俨然景点一般，看来，到书城的也未必冲着买书来的。

石榴到过王府井的新华书店和“三联书店”，品种琳琅满目，摆设整齐划一，地处闹市中商业气氛更胜一筹，反而缺少了“城中城”寻“宝”的乐趣。就在这一年石榴不得不配了副眼镜，估计是晚上熬夜看书看的，她需要隔周去换另一本书，不得不在晚上躺被窝里用手电看书。所幸学校学业不重，她都应付得来，学习成绩还算名列前茅。

周六一大早，石榴洗漱完，穿上厚厚的黑棉服，裹上一条红格子围巾，斜挎蓝色布面挎包，里面放些水和面包便早早出了宿舍。迎面碰上赵敏敏从食堂端着馒头稀饭回来。

“石榴，又上图书城？今天学校团委组织去听讲座，你不去啦？”

石榴下意识顿了一下，错过这一趟公交就得等半个多小时，她迟疑了一下，还是戴好棉服上的厚帽子，边走边回头喊了句：“敏敏，你帮我跟老师请个假，我今天跟人家约好了的，老板说《基督山伯爵》那个借走的人今天就还回来了！”说完头也不回，已经一溜烟跑了。

“哎，你……”敏敏还想说让她帮忙买点毛笔和颜料，回头一看，石榴早跑远了。

冬去春来，时光转眼已逝。一晃石榴在北京已有两个年头。不知不觉已到了花季年龄，她平日里总是扎着一根高高马尾，斜挎一个布包，大大的眼睛前面遮着一副眼镜，通常边说话边扶扶眼镜。

石榴摸清楚了图书城的各个门店。中国书店里蓝色大褂的“一问三不知”，考试书店赶考的善男信女们的寻书热情，未名书店里的别家不曾找到的奇书怪论……石榴喜欢这里的包容，更喜欢观察北大、清华那些学生所看的书籍。这里不存在不耐烦的驱赶，也没有人打听她是不是大学生，她将自己彻底混迹在这爱书、谈书、租书的书海氛围之中。

石榴最喜欢逛也是驻留时间最长的是一层东边的那家店，店主杨萍（大家喊她杨姐）是河北的一位退休女老师，说话和声细语、笑容和蔼可亲。她那儿新书更替快，旧书种类也多，二十多平米的地方，架子直指屋顶，上面的书好似要压弯书架。更令石榴佩服的是，顾客说出书名，店员可以很准确地在它该放的地方把它翻出来。

兴许石榴总光顾，闲时就跟店主杨姐聊两句，渐渐熟稔起来。

“石榴，愿意礼拜天到我这帮着看书摊吗？活儿不多，旧书就让小刘来，你主要把新书给整理整理，再把顾客预约登记的书目整理好就行。”杨萍边看账目边笑盈盈地对石榴说。

“……杨姐，我干得了吗，我愿意倒是愿意，就是怕……”石榴没想到杨姐这么问她，很是惊喜。

“干得了，都是文化人，认得字就干得了。我是看小姑娘你文质彬彬的，正规师范学生，别人我还不放心呢。就这么说定了， 周六周日来，一个月按 8 天算，300 块钱，每天管一顿饭，看书不要钱，买书打 8 折，行不？”

石榴觉得自己碰到了“天上掉的馅饼”，连声答应。自那天起，石榴在图书城也算是有了一份兼职“工作”。后来，她干脆辞去了家教，专心在图书城看书、练摊儿。

杨姐书店的生意很火，周末来的人络绎不绝，有很多都是多年的老顾客。一年在这里边整理边学习，石榴与杨姐学到了不少生意经。一来二去，石榴从店里小刘那儿知道，杨姐可谓图书城里“神通广大”“门路很广”的人物。他们书店能比别家更早知道大出版社要出版的新书，小刘还说杨姐除了开书店还经营一家文化公司，专门开办考试培训班，她跟学校、出版社都有点交情。偶尔，杨姐也会让石榴去“文化公司”送点儿材料和收据啥的。“文化公司”不大，只有两个人在打电话，听着像是在招生。

这天，石榴在没有任何准备的情况下迎来了人生第一桩“生意”。书城有人托石榴在她们师范学校发小广告——“夜大培训班招生广告”，酬金是150元。刚开始她一直踌躇拿不定主意，只是先带着一厚沓广告纸回到了宿舍。石榴夜里在床上辗转反侧着：

“学校让不让发这个？教室前广告木板上不是贴的花花绿绿吗？那应该是可以。可我是要自己去发吗？要不问问王国庆，看他愿意不愿意。”石榴想好后才放心睡着了。

早上食堂，王国庆正吃着油条就着棒子面粥，满嘴油乎乎的。

“王国庆，跟你说件好事。先别吃呢！”石榴压低声音，怕别人听见。

“你能有啥好事，你弟还不到考大学呢吧？”王国庆边说边把掉到盘子里的油条渣捡起来塞回嘴里。

“小点儿声！看咱俩老乡才交给你来做。把这沓广告发了，不白发，100块钱，怎么样？发不发？”石榴其实还是挺害怕王国庆拒绝她的。

“行呀，石榴你，发，发，我当然发，这好事可不能便宜了别人。”王国庆起身刚要接那个装了广告纸的牛皮纸袋，又缩回手，不好意思地把两只油手在身上蹭了蹭，刚走两步又转回来喝完了剩下的棒子面粥，“可别浪费！哎，石榴，以后这事还找我噢。”冲石榴佯装作揖后走了。

一天时间，王国庆全发出去了，拿着石榴给的100块钱甭提多乐呵了。他不知道，石榴不声不响地赚了50块钱。俗话说得好：“近朱者赤。”石榴觉得她这都是跟杨姐学到的本事。她亲眼看到杨姐跟人家谈生意，谈成了杨姐说：“做生意要将心比心，既赚钱也要交朋友。”她也见过杨姐跟好朋友因为生意而误会闹翻，杨姐说：“掉头走了的那都不是朋友。”这些对石榴而言，似懂非懂。

暑假有一个多月石榴都在图书城看店，只在剩一星期假期时才回到了家。

“小英，这是姐在中关村给你买的小磁带机，北京高中生都用这个，这是几盘磁带，学习累了可以听听音乐。”姐弟俩一学期没见，一进家门石榴就从背包里拿出了她省吃俭用给石英买的小磁带机。

第六章 石榴的画像

“姐，这东西我们班大个儿就有一个，他有不少齐秦和刘德华的磁带，听音乐特别好！姐，我太喜欢这磁带机了。”石英对磁带机爱不释手。

“不是只让你听音乐，还得学英语。小英，你英语学得好不好？北京那些大学生英语特别厉害，能跟老外直接说话，外语讲得跟家乡话一样。”石榴嗔怪小英关注重点不对。

“好，我一定用它学英语。姐，香港回归交接仪式看了吧，‘我代表中国人民解放军驻香港部队接管军营。你们可以下岗，我们上岗。祝你们一路平安！’简直太帅了！”

说着说着石英右手敬礼，还比画着走了几个正步。忽然间看着帅气十足的石英，石榴一下子意识到石英不再是那个只会在自己身旁寻求保护的弟弟，他已然有了理想，有了信仰。心里欣慰的同时不免有了一点失落。在石榴的世界里，一直以来都是封闭的，她渴望别人对她的爱：父母的爱，弟弟的爱，朋友的爱，她也无私地用自己的爱回报着家庭，她所表达的爱表面看起来波澜不惊，可在她心里也许已是排山倒海之势了。

一周的假期石榴安排得很忙，还抽空回去看了农村的奶奶。吃着石榴从北京带回来的点心，奶奶乐得眯起了双眼，一边擦拭着眼泪，一边抚摸着石榴的手：“我们石榴成大城市姑娘了。”“你爷要活着就能吃我们宝贝孙女从北京带回来的点心喽。”

石榴特意留两天时间帮爸爸看店铺。石安顺这两年为了这个小百货店操碎了心，起早贪黑忙碌，两鬓已有了白发。虽然家里并未大富大贵，但经济条件明显有了好转。

太阳干巴巴晒着大地，空气里憋着无数炙热的分子。石榴拿着抹布一边擦拭着货品一边背着价格，白短袖后背都湿透了，眼镜架在鼻子上更多了几分汗涔涔的感觉，外面知了没完没了自顾自哼唱着，屋里不由平添了一丝憋闷。石榴实在太热，干脆站在电扇前吹着后背凉快。

“放假回来啦，石榴。”不知道何时，有人站在了石榴身后。

石榴转过身，见来人不好意思地挠着头发，这人正是石榴初中同桌，被她称为“黑猩猩”的梁洛飞。

“嗯，刚回来。”很久没见，又是男同学，石榴一时竟有点不好意思，不知道该说啥。她的两只脚在鞋里不好意思地蹭着。

石榴想起两人上次见面，还是同学们一起去站台送她时。

“你来买东西？”石榴看着“黑猩猩”拿起一旁的彩笔把弄着。他比石英高，皮肤黑黝黝地透着亮，健康的肤色映衬着他雪白的牙齿，头发理得比以前整齐多了。兴许刚才进门前走得太快，脸上已挂满了汗，与石榴记忆里不同的是，汗水已不再是黑色的印迹。

“噢，不买啥……不，不，买，买……买根冰糕。”

梁洛飞付了钱，拿着冰糕正要跨出门，又挠着头返回来。

“我是想问问你，北京哪所大学的建筑系好？”

石榴没想到他问这个，听到大学这俩字，石榴脸上笑容瞬间僵住了。

“我不清楚，但我看过书里讲清华大学建筑系是梁思成创办的，肯定好吧。而且我在北京也没去过几所大学……”

“清华我这成绩肯定没戏！我也就想报个北京普通大学……”

“普通大学你也没戏，”石榴心里嘀咕着，“黑猩猩，你是故意跑来刺激本姑娘呢吧，还不走，有啥可聊的？”

“洛飞哥，来找我打球？”石英从外面回来，边说边脱了短袖，拿起水盆边的毛巾擦汗。

“你去哪了，没事帮帮咱爸，别就是玩！”石榴把对“黑猩猩”的不满撒在了石英身上，琢磨着他这下该走了吧。

石英看着姐不知哪来的火气，拎着湿毛巾站在那看着梁洛飞，也不敢再搭话，四下瞅瞅，帮着把外面的几袋米往屋里拽。梁洛飞见状过来帮忙，外面的米面粮食俩小伙子都垒好后，梁洛飞看石榴扭过了头，也找不出要说的了。

刚要走，忍不住对石榴说了句：

“你还是别对着电扇吹后背，我就吹感冒过。”说完就跑出去了。

“你还是‘黑猩猩’吗？吃错药了吧！”石榴愣在那儿，一时没琢磨出来……

对于石榴来说，青春对她是短暂的，她瞬间被思绪带回到了初中，那时的梁洛飞对她算是挺好的。不知哪里来的情绪，她竟然在瞬间有了少女那忽明忽暗闪烁的心动，不过，也就只是那一闪而过的瞬间。但，石榴也是迷茫的，她想上重点高中，她也想上大学，她甚至觉得梁洛飞都可以上高中，考大学，选自己想学的专业，凭什么她石榴就要被剥夺呢。所以心动也许在一瞬间就被石榴狠狠地压在了心底。那只是石榴青春记忆中一个小插曲，小到连一波涟漪也算不上，不能起波助澜，不能改变任何命运。

毕业终于还是夹杂在忙乱、惆怅、迷茫和无奈中到了。像石榴这样的小老百姓，师范分配毫无疑点，回原籍小学任教。如果说中专选在北京，是梦的开始的话，经历了3年梦中的生活后，伴随着王菲和那英的那首《相约98》，一如歌里唱到的“融融的暖意带着深情的问候，绵绵细雨沐浴那昨天昨天，昨天，激动的时刻”，只是石榴没有太多的激动，平实冷静，她觉得梦终归还是要醒来，回到开始的地方。

图书城的杨姐挽留过她，她请石榴在文化公司上班。杨姐看好培训行业前景，也看好石榴。石榴不是没考虑过，但充其量也只是想想。面对自己的学历，面对市场经济下大锅饭已然有所松动，她有过动摇。但真让自己选择，她还是不能下决心把大锅饭扔掉！不能不考虑没日没夜在小卖铺操持的父亲，起早贪黑忙里忙外的妈妈，马上要考大学的石英……于是，她带着那么多的不舍，那么多的怅然若失，离开了北京，离开了师范学校的师生们，离开了曾经带给她无限自由和梦想的图书城。

初中班里有不少同学考上了大学，就连宁婷婷也考上了本省的农大，更不可思议的是梁洛飞，报考了北京工业大学的建筑专业，竟然真的考上了。这都是宁婷婷告诉她的，婷婷去看了大红纸贴出的榜单，连老师都没想到梁洛飞能考上，“一考定终生”的高考每年总能爆出像梁洛飞这样的高能选手，犹如鲤鱼跃龙门一般。“梁洛飞真走运！”这几乎是所有人对梁洛飞能考上的唯一结论。

石榴工作的小学就在家附近，她实习后分到了后勤，不带课，空闲出很多时间可以看看书，偶尔还被派到省里开个会。妈妈苏红总觉得在上学这事上没有一碗水端平，亏欠了石榴，一提起石榴为了帮家里没上大学的事就自责，一心想将来石榴能有一门好亲事。所以石榴一参加工作，就开始了外貌“修缮”工程。那时候医院已经有了隐形眼镜，苏红带石榴在她们医院的眼科配了副隐形眼镜，又带着女儿到理发店好好设计了个发型，别说，经过这么一折腾，石榴还真有了“女大十八变”的感觉。高挑的身材，不胖不瘦，白净的皮肤映衬下两只大眼睛楚楚动人，长长的头发随便扎了根马尾，在妈妈的“包装”下平生第一次挑战了高跟鞋。

至少，梁洛飞就觉得石榴好看了不少。

梁洛飞报到前，去学校找了趟石榴，吞吞吐吐，欲言又止。

“你要没啥事，我先上班去了。”她已经看到几个经过的老师在看他俩。小城市学校里这样的故事是散播很快的。

“明天我就要坐车上北京了。”梁洛飞开口了。

“我听石英说了，你，噢，同学们几点送你？我也去送你。我上中专时你也送过我。”石榴想赶快说完赶快走。

“不用……你要是真的能来我就等你。这是给你的，我准备了一暑假。”

石榴下意识地往外推，梁洛飞还是把东西塞在她手里转身跑走了。这像是一幅画，卷成筒状，石榴有心打开又有点害怕，走到办公室外时还是好奇忍不住展开画卷，匆匆看了一眼，不禁满脸绯红。怕被人看见，赶紧收好假装没事一般进了办公室，坐到了桌前。

画的是她——石榴。纵然石榴再愚再钝，她也明白了梁洛飞的意思。她的心一下午都在怦怦跳着，很久未曾有过的愉快和轻松再一次向她袭来。她整天沉浸在幸福中，她不知道该怎样对待这突如其来的幸福感和认可感，又该怎样答复梁洛飞……但她是感谢梁洛飞的。

然而，她不曾想到的是，当她把画带回家里，还没做好隐藏工作的时候，石英发现了这幅画，在还没来得及拦住石英的大嘴巴时，画已传递到了妈妈苏红手里。

而苏红竟从未有过的对梁洛飞追求石榴这件事表示了很肯定的反对。

第七章 QQ事件

二十世纪九十年代初期，子女可以在父母退休、退职后，顶替父母退出的空位，进入父母原工作单位上班。随着国有企业在市场化改革中逐步建立现代用工制度，这种子女顶替上班的制度也就取缔了。石榴办公室的牛心羽就是这样的“幸运儿”。高中毕业，赶上当校长的父亲退休，没考上大学的她顺利上岗，算是定格在了计划经济时代末班的黑白胶片上。

她比石榴大两岁，长得出众，身形丰腴，打扮入时，待人热情、活泼，对初来乍到的石榴嘘寒问暖的。一开始，石榴总觉得她俩就像两个世界的人，人家是校长的子弟，而她是下岗职工的女儿。站在牛心羽面前，她就像个丑小鸭似的。偏偏对方待她又特别关照，石榴不免“受宠若惊”，久而久之倒也就经常在一起闲聊上几句。

“哎，石榴，刚才大门口是你男朋友？从没听你提起呀。”牛心羽等办公室人出去了赶紧凑过来。

“不是，没有……哪有，是我初中同学，大学报到过来告个别。”石榴担心梁洛飞出现所带来的后果还是发生了。

“他肯定对你有意思，这我看得出来。哟，你脸都红了……”牛心羽看见石榴腿旁边放着的画，故意问：

“石榴，这是你同学送的？能让我看看吗？”说着就想去抢。

“……别，等一下……”石榴赶紧用手使劲捂。

“牛心羽，电话，找你的，赶快去接。”办公室小张过来喊。

石榴看牛心羽出去了，赶紧把画重新藏起来，才总算松了口气。一下午石榴都在想着明天去送梁洛飞的事情，她这几天除了送初中班上几个女同学以外，还没去送过哪个男生。一直在送还是不送之间纠结着。

下班后，她到家最早，趁家里没人蹑手蹑脚拿出那张画，心怦怦跳得似乎自己都听得见。洛飞画的是她的一张素描像，画上的石榴一手拿书，一手支着下巴若有所思地看着远处，披肩长发随意地扎在脑后，一袭长裙在小风吹拂中有点儿飘逸。

“这哪是我，我啥时候有过这姿势。”石榴羞红了脸，思绪被瞬间带回到初中：“黑猩猩”当时在画乔峰，呼哈呼哈边画边比画，还不忘一边拿纸擤鼻涕，一边随手扔进书桌。想着想着石榴觉得又开始嫌弃梁洛飞了。她渐渐陷入了沉思……

“姐，这是啥？谁画的？”石英动作快从桌上抢过来。

“小英，给我，别看我东西。”石榴伸手去抢，石英就跑，一边跑一边喊：“肯定是哪个男生画的，‘洛’是洛飞哥画的吗？”石英高高举过头顶。

石英的个头早已经超过石榴，石榴着急去扭他耳朵。

“干吗呢，姐弟俩就没个正形。”妈妈下班进家门正赶上这一幕。

还没等石榴发出警告，石英已经蹿到苏红面前，把画给苏红看，还解说着画画的人如何如何优秀，是学校篮球队队长，又考上了大学。就差没把身高、肤色告诉苏红了。

石榴一边偷偷观察着苏红的反应，一边怒目制止着石英，但是好像石英压根就没看她，自顾自地说着。

“石榴，小英说的对吗？怎么没听你提起过这个人？”苏红一脸严肃。

“妈，初中同学，好多年没联系了，你别听小英乱说。”石榴感觉不妙，懊悔自己太粗心让石英发现了这幅画。

“妈，我没乱说。他上次还跟我打听姐学校几点上下班呢？”石英好像唯恐天下不乱，没心没肺地继续说着。

“石榴，你才刚上班，实习也刚结束，谈恋爱的事情……别急于一时，再等等。再说你年龄还小，那个梁啥飞的，你也说了没什么联系，大学生……就算了，你俩不合适。”苏红把画放到桌子上，叹了口气，转身进了厨房。

石榴一下午的纠结，初尝爱情嫩芽那种喜悦，犹如正打算展翅飞翔的小鸟一下子被打落在地。

“对呀，我们俩合适吗？梁洛飞是大学生，而我从今以后只能在这样的小城市永远做一名普通教师了。”

石榴没再说什么，把画收起来刚想回到屋里，又转头走到石英面前。

“小英，帮姐把画还给他吧。”

“姐，为啥还？这洛飞哥该不高兴了。”小英意识到了自己也许不该告诉妈妈，一时间低下头再不敢吭气了。

那晚石榴没再多说话，一直闷在房间里盯着本书看，小英注意到石榴一直看的那本书，压根没翻过页。

第二天，石榴没去火车站。那一场懵懂的心慌意乱就此终结了。

……

秋去冬来，漫长的冬天把整个城市装扮成了冰天雪地。这天石榴单位发了很多带鱼和水果，她吃力地在寒风中往家走。远远就看见石英跟着俩大个头跑过来，打头跑过来一个最高的，戴顶厚厚的棉帽，穿着藏蓝色羽绒服。

“给我，这么多东西，不会分两次拿？”洛飞一把抢过了石榴手里的年货。

“你，放寒假了？”石榴就像看到了一个久违的老朋友，既亲切又让她莫名慌乱。

“嗯，我和管鹏上午刚下的火车，估计你下班了就来找你了。”洛飞拿东西时，两人四目相对又匆匆低下了头。洛飞劲儿大，一手抱带鱼，一手把水果扛上了肩。一直相跟着的管鹏故意挡住了石英，他俩慢慢跟在后面。

管鹏家跟石榴家相熟，两家大人关系都不错。石榴一行人进家门时，正赶上石安顺和苏红在处理苏红单位发的带鱼。那个年头，各单位年货中，带鱼总是保留曲目，去谁家吃饭，桌上不是炸带鱼就是红烧带鱼。

“二鹏，放寒假了，现在可是北京的大学生啦！哎，这小伙子是……”石安顺热情打着招呼。

“噢，爸，他是洛飞哥，跟二鹏一块找我的，是吧，二鹏？”石英用胳膊肘顶了顶管鹏。

“是，是，对，叔叔、阿姨这是我们从北京带的烤鸭。”管鹏说着从洛飞手里夺过烤鸭递给石安顺。

苏红和石安顺这才明白这俩小子上门原来醉翁之意不在酒。放下手里带鱼，不再说话，擦了擦手回里屋去了。石榴也赶紧跟了进去。

她侧耳听着外面动静，听见小英招呼管鹏和洛飞一块洗带鱼，“妈，我们去洗带鱼了，你和爸别管了，我们把这一堆和姐发的都包啦。”石英冲里屋喊着。

从此，每逢过年，洛飞都会“要挟”管鹏一块来石家，尽管石爸石妈知道他的来意，他们还是坚决没吐口，不是他们看不上梁洛飞，是觉得以后俩人肯定走不到一块，怕自己闺女吃亏。

洛飞这段长达几年的“带鱼承包”经历，每每提起，都会让石榴忍俊不禁。以至于后来洛飞称呼自己是“带鱼王子”。尽管这样，石安顺和苏红每逢洛飞到家里来，也没热情招待过，碍着二鹏在旁跟着，他们没赶他走已经不错了。“为了将来不流泪，现在宁可当恶人。”苏红这样跟石榴说。

转眼间，到了石英参加高考的时候了。石榴特意请了假，早上陪石英到了考场，中午接回来，下午再去送。一到高考的时候，考场所在的周边都极度热闹，里三层外三层，里面的考生都不及外面的家长多。开考之后有家长自发组织起来，拉起几道“高考考点请勿鸣笛”“请勿大声喧哗”的横幅，那景象非得是经历过的人才能体会得到。

“姐，我发挥挺正常的，我觉得上军校没问题。”石英考完看起来自信十足，接过石榴递过来的绿豆汤一饮而尽。

“别大意，就这一哆嗦了，再认真认真，明天上午别着急交卷子，知道吗？考上了姐定有重赏。”石榴边说边递给石英一条毛巾。

“我知道，姐，放心吧。你为了咱家，为了我自己放弃了上大学，我都知道。”石英说完心疼地看着姐姐。

“小屁孩懂事了！走，不说了，爸妈在家该着急了。”姐弟俩骑着自行车向家方向走去。

那年秋天，石英顺利接到了北方一所重点军校的录取通知书。石安顺和苏红轮流看着通知书，一会儿笑一会儿哭，一会儿抱抱小英，一会儿又拍拍石榴的手，抹着泪说：“小英，将来大学毕业挣钱了要对你姐好，你姐不容易。”石榴这才注意到，原来心中一直年轻的父母已渐渐老了，除了两鬓的白发，脸上的皱纹，他们的眼泪也告诉姐弟俩，父母正在慢慢地变老。那一刻石榴意识到为人父母的不易，而她也不禁自责曾对父母的不理解。这几年父亲为了能多赚点钱，进货、上货、卖货，早早开张，晚上很晚关店，也没个假日休息，母亲苏红更是忙前忙后，忙完家里忙单位。她的心似乎跟父母的心又近了。

九月份开学，石英去学校报到了，家里少了一个人，突然冷清下来。

世纪之初，大街上的网吧突然多起来，那时候家里买电脑的少，电脑多是年轻人在用，网速还比较慢，网费半个小时起论价，聊个天、看个片、玩个游戏，网吧一时火得不得了。QQ 就是石榴在那个时候注册的。学校图书馆有一台能上网的电脑，但大家都抢着用，排不开。索性石榴查个资料、写个材料就去网吧。石榴在校门口网吧办了上网卡，这样便宜。而且，她跟石英还能方便留个言，那种对话方式不同于电话。当然洛飞也用这个跟石榴联系。

这一年似乎发生了很多事。先讲一讲让牛心羽痛彻心扉的QQ事件。春天的北方风沙特别大，刚出门就遇到大风天气，石榴想起办公室柜子里有条围巾方便裹一下。

“心羽，还没走？外面刮风了，一会儿……”石榴这才注意到牛心羽眼睛通红，脸上挂满了泪痕。

“怎么了？你怎么哭了？”不问还行，这下牛心羽从小声啜泣愈哭愈厉害，最后竟泣不成声。

石榴这才慢慢知道，原来牛心羽男朋友背着她在网恋。她男友是电业局领导家的公子，他们是经人介绍认识的，恋情一直比较稳定。今天闲的时候心羽想起来她男友的QQ 密码是她设的，就想试试能不能登录上去。密码倒是没改，可让心羽没想到的是她男友跟外地的一个姑娘在搞网恋。

“他们的对话，我简直，简直不想说，恶心死我了！”说完心羽又趴在桌上哭起来。

看着伤心欲绝的心羽，石榴轻拍着她的后背，也许这时候安慰也起不到任何作用。牛心羽一直是多么骄傲的一个姑娘啊，这让她如何承受呢？她又联想到自己，爱能给你多少幸福反过来就能带给你多少痛苦吧。她不敢去想象自己和梁洛飞的未来。京城上大学的他，此时会不会在打篮球，一群女大学生是不是在给他助威加油呢？洛飞那么优秀，那么阳光，谁又能告诉石榴他们的未来到底在哪里？父母会同意吗？洛飞毕业工作呢？她不敢去想了，她像奔跑在苍茫的草原上，一时间找不到方向……

第八章　女朋友

那天，石榴第一次拨通了梁洛飞的电话，宿舍同学说洛飞不在出去了。石榴一下子像泄气的皮球，顿时心里更乱了：“洛飞去哪了？他平时不上课时都忙什么呢？他会上网，会有网恋吗？”一连串的疑问逼得石榴快炸啦！外面天也要黑了。

石榴刚想走时，办公室电话响了。

“一回来知道你给我打电话了，我赶紧出去买了一张201电话卡。”洛飞抑制不住地激动。

“你怎么知道是我？”刚说完石榴就后悔了。

“没有女生找我。我们系里女生少得可怜。虽然意外，还是想听听是什么能让你给我打电话？”

“没什么，礼尚往来，总让你给我打，今天就……忽然不自觉拨给你……没什么事，我就先挂了！”

“等一下。哎，我想说，你这女朋友咋当的。不对，你是不是遇到啥事了？”

“谁是你女朋友？再乱说我挂了……”

“石榴，看在我年年洗带鱼的份上，就收了我这条带鱼王子吧！”

几句玩笑后，石榴告诉了洛飞牛心羽发生的事情。洛飞停顿了一会儿，问石榴心中理想的爱情是什么？

“我特别喜欢看玛格丽特·米切尔的《飘》，里面斯嘉丽敢爱敢恨，她义无反顾地爱艾希礼，斯嘉丽美丽、勇敢、任性，执着自己心中高尚的爱情，无视白瑞德的爱，然而白瑞德一直自始至终爱着斯嘉丽，视她若珍宝。”

“石榴，我以为你会喜欢简爱与罗彻斯特的爱情。”

“不，我不太喜欢《简·爱》的爱情，悲剧色彩，让人看完有点喘不过气的感觉。你呢？你们男生会喜欢怎样的爱情？”

“我将来肯定是要盖房子的，所以我喜欢有基础的、坚固的感情，就像我们俩，从10岁就认识了，这点很重要，也许我学工科的，只喜欢用数据讲话。《平凡的世界》《穆斯林的葬礼》《傲慢与偏见》《基督山伯爵》等的爱情，只可远观，不可近瞧，你说我现实也罢，避世也好，我认定的事情，不愿意也不想改变。”

石榴第一次听洛飞讲这些，有点突然又有点窃喜。恋爱就是这样，也许很普通的情话，总让人感到热血沸腾，一切都是向好的方向透视。

“那你说牛心羽跟她男朋友会怎样？她今天哭得特别伤心，他们会不会因为这个分开？”石榴一想到牛心羽，还是替她担心。

话筒里突然安静了……

“喂？”

“我在听，我觉得要看他们俩共同追求的是什么，也要看牛心羽对她男朋友的认知程度。”

“谈什么认知不认知，这就是背叛，这次原谅下次不定会怎么样？”石榴觉得背叛不可商量。

“你今天给我打电话，会不会自己也有什么顾虑？跟你谈恋爱还真让人操心！你放心，我可是最佳放心男友！”

“洛飞，你就自吹自擂吧，哈哈哈……”话筒里传出宿舍里别的男生的起哄声，慌乱中石榴匆匆挂了电话，她不知道洛飞打电话时，宿舍里一直是有人在，而且电话里像是不止一个人的样子。石榴脸红得像苹果一般，一阵烫一阵红……这是她和洛飞第一次聊天聊得这么深入，她对自己对他的感觉一直是不确定的，加上父母不同意，她总是很被动地在前进着。她特别庆幸今天自己主动拨通了电话，庆幸自己听到了洛飞眼里对爱情的理解。

大街上，已是各家各户准备晚饭的时候，单元楼里不时传出大人训斥，孩子啼哭的声音；身边不时有下班的路人手里拎着菜匆匆往家里奔；偶尔小街贩喊一嗓子：“菜甩卖了，便宜……”一切的一切在石榴看来，都是那么的美好，她一直在回想着“男朋友”“女朋友”，这两个稀松平常的词语，在今天的她看来尤其有意义。生活就是这样有趣，很普通的两个词语，在石榴心里，竟悄悄起了化学反应，让她一直不由自主地傻笑着，尽管她想克制住自己……

第九章 省城开会酿波澜

石榴本想在第二天找机会安慰安慰牛心羽。毕竟心羽一直待她不错，常常嘘寒问暖的，作为同事又是朋友，这时候需要多关心一下。

让石榴没想到的是，第二天心羽容光焕发出现在办公室，打扮亮丽、笑容灿烂，精致妆容下恰如其分的笑容，跟每一个人如往常热情招呼、照例去上课、下课……根本看不到有丝毫异常，石榴一时间有点糊涂和恍惚，这种情形下，她倒不知道自己该不该去找心羽提昨天的事情。她几次抬头观察坐在斜对面的心羽，觉得她表情很自然，没有任何反常，一时间倒似是自己恍惚了。

中午石榴去附近邮局寄东西，就在外面小摊随便对付吃了点儿。下午到办公室到得早，正想趴桌子上眯会儿，心羽进了办公室，石榴赶紧走上前去。

“心羽，昨天……”

“石榴，来这么早呐。我待会第一节有听课，先去教室准备一下。”

……

接下来几天石榴都有心问问心羽，她心情好点了吗，跟男朋友怎样了？倒不是石榴八卦，实在是她总觉得既然是好同事就得去关心一下。再后来她发现也许自己纯属多余，人家心羽应付得来，而且自己那天也是无意撞上了，也许心羽根本没想让别人知道。这事也就这样渐渐过去了。

暑假的时候，小英和洛飞都回来了，一个多月的相聚那么短又是那么快，好像在指缝里快速飞驰着。小英在她和洛飞的约会中总充当着那关键的灯泡和挡箭牌。小英说石榴是“见色忘亲”，说洛飞是“见色忘友”！说归说，他还是乐此不疲地给洛飞和石榴掩护着。一个暑假，洛飞和石榴几乎每天都要见上一面，哪怕就是洛飞陪石榴在图书馆看会儿书，在没有石安顺的情况下陪石榴看会儿店，又或者石榴陪着洛飞去理个发什么的，日子过得像小河流水一般既安静又平淡，只有他们自己才能品到其中甘甜的滋味。然而，随着暑期的结束，小英和洛飞相继返校，这一切的美好转而由惶恐、不安和思念代替了。

石榴突然对身边的一切提不起精神，看教案看不进去，懒得理会周围的一切，苏红嗔怪她越大越不踏实了，而石安顺没好气地一句“女大不中留”似乎洞察了一切。连石榴自己也不明白，自己到底怎么了，犹如踩在了一团棉花里，她越是想抽离，就越是陷得深，她不知道返京的洛飞会不会如同自己一样思念缠身，又或者此时的洛飞早已经融入学校的“光怪陆离”，享受身边的青春涤荡，根本不记得故乡的石榴为何人了！石榴羞于向别人开口，只在电话里和小英唠叨过几句。

“姐，你这是害相思病吧。哈哈哈……”电话里传来石英爽朗的笑声。

“你胡说啥，你也把你姐看太扁了，我只是……估计你们走了我不太适应，家里一下子冷清了不少！”隔着电话，石英都能想象得到姐姐已经一脸羞状。

“我们，你干脆就说是洛飞哥走了，你牵肠挂肚，还把我捎上，真假！”

“石英，到底我是不是你亲姐呀，这个月扣你零花钱，看你嘴上还乱说不？”

“啊？我错了，姐，洛飞哥肯定这会得相思病了，我姐不会的！”

……

石榴很少带课，只是偶尔哪位老师请假，她去替个班什么的，学校生活节奏倒也不紧不慢的就这样过着。

一天，办公室同事捎话：

“石榴，赵主任让你去他那儿一趟。”

“石榴来了，来，来坐，坐下说。”赵主任一见石榴特别热情地一边招呼，一边倒了杯水给她。

“是这样，省城有个教育座谈会，学校经过研究，决定派你陪陈副校长去开会，这可是个好机会，要好好听讲，回来给大家传授经验。你现在可是作为学校的骨干被培养！一定要好好表现。”赵主任中年发福，稀疏的头发整齐地被梳理过，虽然坐着，依然能看到腆着的肚腩。

石榴没想到是开会这样的好事。“赵主任，上班之后我是头一次去外地开会，谢谢赵主任给我这次机会，我想知道我回来需要做点什么？”

“没什么需要你做的，回来写个报告就可以，不用太长，谈点心得体会什么的。”

从赵主任办公室出来，石榴还是没搞懂这么好的机会怎么轮到自己这无名小卒身上。

“管他呢，让我去就去！”

省城开会倒没什么特别的，无非是听听报告，到省里的名校参观参观，听听先进的教学理念，看看人家是怎样搞小学教育的。石榴因为第一次去开会，记得特别认真，每天听到的都仔仔细细记在了笔记本上。开会的间隙还约了在师范上学的几位同学聚了聚，很久没见的大家聊得倒很是投机。

不曾想，回来后发生的事却是石榴始料未及的。

从省城开会回来的第二天，石榴就觉得办公室里大家看她的眼神都怪怪的，但也没发现什么具体的，不过直觉总提醒她，她不在的期间或者即将要发生点儿什么，总有一点不祥的预感。她从省城带给大家的特产，办公室同事虽然都很客气地收下了，却总感觉气氛怪怪的，从大家看她的眼神中有很多的不解。

“到底是怎么了？我哪儿没做好吗？或者出了什么差错？”

“没有呀，赵主任还夸我报告写得扎实具体，笔记做得很用心呢！”

“那是为什么？……哎，不管了……可这到底什么原因呢？”

石榴实在没忍住这好奇心和众人目光的“刺眼”，放学后拉住牛心羽才问出了事情的究竟。石榴在获悉真相后感觉自己从一个黑洞掉进了一坛更深的泥泞中。

“这谁造的谣！我跟陈副校长？这……简直就是胡说八道！心羽，你说说，这谁闲得造谣呀！不行，我得去问个明白！”

“石榴，你找谁问去？这都下班了，要问也得明天问去！再说了，你问谁呀？陈副校长还是赵主任，还是在办公室喊呀？”

“对呀，我问谁呀？”石榴犹如一座要爆发的火山，又如一滩无力的软泥不知道接下来该怎样了！她仿佛被揪打着却怎么也找不到打哪了、谁打的！耳边心羽关切的安慰声似乎也听不到了，好像心羽那些宽慰既无力又遥远，她第一次感受到上班以来从未有的彷徨和无奈……

石榴走在大街上，感觉身后不时有人在戳指着自己：

“现在的年轻人学什么不好，陪领导开个会就钻空子！不嫌害臊。”

“人家不是年轻嘛，难不成校长愿意带你去开会呀，谁不愿意带漂亮的年轻的出去！”

“看吧，今年的职称名额铁定是给石榴的，人家现在可是校领导面前的红人！别人都靠边站吧！”

这些都是心羽在石榴一再催促下，才吞吞吐吐把办公室如何议论石榴的话“学”出来的，石榴本以为自己能够承受，不想还是被大家的“唾沫”给激倒了！

夜里石榴发烧了，烧到39.5度，迷迷糊糊中，她不停喊：“不是我主动去的，是领导派我去开会的……”梦里她好像看到洛飞不理她了，带着蔑视的眼神。连小英都讨厌她，对她失望极了……

病好返回学校后，石榴第一件事就是把已经填写完整的职称申请表撕了，她消瘦的脸上静静淌下两行泪水。在学校里她也不愿意多说话，除了正常上下班，办公室里除了心羽，别人也都不搭理她，她也懒得理别人。不知道过了多久，似乎人们对那段谣言失去了兴趣，学校的工作和生活倒也多多少少有了点起色。

“看来，人们终究还是对一段谣言没有太久的兴趣！”这是石榴在这件事里唯一的体会，而这段经历石榴一个字也没对洛飞在电话里提及。她对洛飞“最近情绪不对”的不断追问，也仅仅是“学校事多”来答复，她不知道自己究竟敢不敢告诉洛飞抑或信不信任洛飞，她真的是没有更多力气再对付这些风波了。

第十章　塞翁失马 焉知非福

那段时间，石榴在学校度日如年。除了替别人代课，她大多数时间都耗在阅览室，好让自己忘记现实的窒息感，在书中寻找一点呼吸。阅览室的管理老师刘大姐是个热心人，虽然也听到了学校的风言风语，但她不信那些捕风捉影的事。

“石榴，日久见人心，我活这么大岁数，就只信一句‘真的假不了，假的真不了’。”

《挪威的森林》《倾城之恋》《边城》等都是那时候翻看的，书中的力量时而让石榴呐喊着面对真实的自己；时而又让自己怅惘却并非绝望。

下班到家，石榴总是抢着做家务，越是在学校处境艰难，石榴反而更加体贴父母养育自己和小英的不易。苏红心疼女儿日渐消瘦，问她又问不出来。

“老石，你注意到咱石榴这段瘦了吗？是不是在学校有啥不顺心的呀？”苏红避开石榴，悄悄问石安顺。

“这两天我也瞅这孩子不对劲？会不会跟那个叫啥飞的孩子闹掰了。我就说他俩指定长久不了。”石安顺一提到洛飞，就没好气儿。

“那我得问问小英，那俩孩子走得近，肯定知道。哎，咱石榴心眼实诚，别让咱闺女吃了亏！”

趁石榴回屋看书的间隙，两口子关上门，赶紧拨通了石英的电话。军校得传呼，等了很久后石英才接上电话。

“小英，爸问你，你姐跟那小子最近还联系吗？没出啥事？”石安顺尽量压低声音，怕隔壁石榴听到。

“老石，你净吓唬小英。我来问孩子，小英，你姐跟那个小梁还好着吗？你姐最近人瘦了一圈，问啥事又不肯说，前两天还发烧了，你知不知道是咋啦？” 苏红抢过电话，把事情原委说了一下。

“他俩没事呀，我刚才还收到洛飞哥留言呢，让我多关心我姐，他是不是也觉得我姐这两天不对劲。会不会是单位有啥事呢？”

“你看，我就说这两地不能好到哪去，这还没毕业呢，毕了业有个啥事这都到不了身边，顶个屁用！哎！……”石安顺急得直拍腿。

“爸，洛飞哥还是挺关心我姐的！”

“咋个关心法，就动动口，打个电话？不行，还得让你姨赶紧给你姐介绍个合适的，这个我咋看咋不合适！”

“爸，你们怎么就不同意呢，他们……”

……

冬天早晨天亮得晚，石榴上班骑车到校门口时，天空才蒙蒙亮。看到不远处，梁洛飞正冲她挥手，她一时间觉得自己神经是不是都错乱了：

“难道是自己太想洛飞了？竟出现了幻觉！”

使劲摇了摇头，直到洛飞抓住她寒风中冻得发紫的手，她才真正感觉到是洛飞回来了。

洛飞一下火车就赶着来找她，还没吃早饭。俩人找了个早点摊就着炉火坐下来。洛飞要了一碗胡辣汤，端着热气腾腾的碗缓了缓冻得瑟瑟发抖的身体。

“我不放心你，回来看看！”洛飞眼睛一直盯着石榴，眼神充满了关切。

“我挺好的，没什么事！”石榴使劲挤着笑。

洛飞知道石榴个性，没有再追问下去。告诉她："一会儿放学我来接你。"

中午，俩人找了个僻静处说话，洛飞看着低头不语的石榴，心疼地把她前额的刘海轻轻捋了捋。

"小英说叔叔阿姨打电话告诉他，你最近发烧了？"他的声音极尽温柔，好像生怕吓坏了她。

石榴本来还强撑着，原来这么多天的憋屈、委屈她都藏得很深，此时她好似缺口的大堤，先是滴滴答答掉着泪水，不想越来越失控，顷刻间竟变成了呜呜地号啕大哭。

洛飞轻抚着她的肩膀，搂她入怀。"哭吧哭吧，都哭出来就好了……"边说边像哄孩子般在石榴背上轻拍着。

多少年以后的冬天，石榴总能想起洛飞那寒冬中温暖过她的大手和宽阔结实的胸膛。

兴许洛飞在回家前就有安排，那天洛飞的叔叔带着他俩去见了一个人，石榴后来知道那人是市教育局的领导，洛飞叔叔的朋友。也就是在那一天，石榴看见了他以前不曾认识的洛飞的另一面：与其他两位长辈寒暄着、客套着，成熟、率真和真诚。石榴从没跟领导坐得这么近过，她很紧张，紧张到只看到他们嘴在动，却不知在说什么。而洛飞并没有告诉石榴他要做什么，只是告诉石榴要相信他，他会保护好她。

说来也奇怪，在洛飞回来后没几天，学校闲言碎语突然消失了，一场风波烟消云散了。那年石榴学校的职称名额共两个，牛心羽占了一个，这也是大家预料之中的事情。

洛飞因为学校还有课要上，就匆匆返校了。在送洛飞去车站的路上，洛飞几次欲言又止。

“有件事我一直不知道该怎么告诉你。”站台上洛飞拎着行李，寒风中缓缓停住脚步，深情款款望着石榴。

“看把你吓的，没出什么大事，就是想提醒你，我叔的朋友说你们学校那个叫牛心羽的女的可是个人物，这次的职称名额本来轮不到她，可她动用了她爸原来的关系才勉强评上的。而且，据说原来这个名额肯定是石榴你的，你最后没申请才会便宜了她。”说着洛飞帮石榴把围巾系得紧了紧。

石榴突然想起刘大姐前两天提醒过她：

“石榴，留心点儿你身边的同事，别人家把你卖了，你还帮人点钱呢！”

石榴把刘大姐的话告诉了洛飞。

“据我推断，这个牛心羽不是这次造谣的主谋，至少也是个参与者，你想想，你不申请谁是最大的受益者？”

“她平时……待我不错，办公室只有她还替我说两句话，不然，我那段日子更难熬。”

“你还是留点儿心，毕竟职场也是战场！以后有什么事别一个人死撑，还有我这个‘带鱼王子’在！别总让我着急往回跑，我可是旷课溜回来的。”

“嗯！知道了……”石榴如小鸡吃米般认真点着头，洛飞被她傻乎乎的样子逗笑了。

俩人依依不舍中，洛飞上了火车。

生活就是这样无章程可言，“否极泰来”用在石榴身上再合适不过了。谣言风波刚过去不久，学校就张贴了《关于选拔赴省城进修老师的通知》，石榴在申请者当中条件最好，符合选拔标准，她顺利通过了初审和复审，按照程序，再在校长办公会上审议一下就没什么问题了。

多少天的不开心、不愉快似乎被这件事吹散了。

“塞翁失马，焉知非福。”生活中的经历总反复验证着一些真理的存在！

这天，石榴上完课，捧着一堆教案准备进办公室，走到门口听见有人在说：“石榴运气真好，省城进修回来就是大专生了！咱学校最高学历！将来前程一片光明！”这是办公室老刘的声音。

石榴见怪不怪，本没想理会，正要径直往里走，接下来这个人的话着实让她大吃一惊。

“什么运气好，人家靠上了有能耐的男朋友，听说找了市教育局的领导。不过，她还真是运气好，上次是副校长，这次……”

牛心羽还要说什么，当看到脸憋得通红的石榴站在办公室门口时，她吓了一跳，面对着牛心羽满是慌乱的表情和被撞见的尴尬，石榴一言未发，只是狠狠盯着她。

“我，我，刚才……一会咱们开教研，教研会，你们别忘了，我先，先走了！”

几乎，牛心羽逃也似的从石榴身边溜走了。

石榴拿着一堆课本坐在椅子上，众人纷纷收回了目光，各干各的，办公室顿时安静了。而石榴多少天的疑团终于解开了，她一下子如释重负。

下班后，石榴把这件事在电话里告诉了洛飞。

“你猜得没错，是牛心羽造我的谣，真是知人知面不知心！”

那天他俩聊了很多，石榴渐渐对洛飞产生了一种从未有过的依靠和信任！要挂电话时，特别郑重地跟洛飞说：

“我宁可要赤裸裸的丑陋现实，也不要伪装的面具，以后不要骗我，答应我好吗？”

洛飞明白她这段时间的苦，他原来并不太清楚自己喜欢石榴的原因，现在他好像弄明白了，她需要他的保护和守护！

石榴去省城报到的前一天，她到办公室收拾点东西。同事们都还没下课，只有牛心羽在，当她俩目光碰上时，牛心羽快速收回视线，假装低下头在忙。

石榴不想停留太久，收拾好了，正想拎着包出去，牛心羽几近咆哮：“你这是在跟我示威吗？有什么好得意的？不就是去进个修吗！”

石榴实在不愿意搭理她，她觉得没必要跟这样的人计较。她本想骂她两句解解气，还没等她开口，牛心羽又继续吼道：

“你装什么清高，一副谁也看不上的样子！不就是在北京上了个破中专吗？实话告诉你，上次陈副校长的事就是我故意跟大家说的！你要不是靠男朋友走关系，这次进修哪轮得上你！一个下岗工人家的穷学生，能跟我比吗？我就是气不过你凭什么男朋友是大学生，还只对你死心塌地的，我，比你漂亮，论资历学历我差你哪啦……我就是，就是看不顺眼你，凭什么……”牛心羽还在继续喋喋不休。

石榴不愿再跟她僵持下去，走出了办公楼。天空被晚霞染红了半边天，嘴里呼出的温暖哈气瞬间凝成了一幅释怀的表情又随风散去了。石榴想起洛飞告诉她的一句话：“你永远都无法叫醒一个装睡的人！”

第十一章　省城进修

2001 年那年的冬天，石榴到了省城开始进修。

进修学校里的“同学”，让石榴明白了世界是绚烂多姿的，世界上的人也是千差万别的。这根本不同于她在师范学校的同学，那时候大多是家境不好，聚集在一起想改变未来的穷学生。而现在，在经历几年工作生活后，进修无疑是在人生履历表上增砖加瓦、锦上添花的好事。她也明白了为什么牛心羽视她为“洪水猛兽”的那种心境，更重要的是她明白了在这个世界上真的是：有些人一生下来就注定只是起点，而另外一些人一生下来已经达到别人奋斗终生却未必能到达的巅峰。

班里年龄差距比较大，有的已过“不惑之年”，上有老下有小，怀揣一颗历经沧桑的心来镀这层金；有的是家里孩子还小，牵肠挂肚，一有空就赶紧溜回家的新晋“妈妈”；像石榴这样没成家、不会被家中琐事牵挂的年轻人班上也有几个，多是本地人，估计家里都是做“长”之类官职家庭吧，平时来上课的时候也并不多。所以，班上能聊上几句的也就没几个。

几个月下来，大家渐渐熟了，石榴这才弄清楚，这次班上进修同学的动机，主要分三种：一种是调动工作的跳板，这种主要是想换岗位、换单位，借进修机会在履历表上混资历；一种是职称积累，有的甚至都工作好几十年了，偏偏学历不够，靠深造机会来拔拔高；再一种就是石榴这样的，刚出校门，社会履历浅，想要再学习，更新知识。石榴算是年龄、工龄都小的，专业课的学习对刚毕业的石榴来说，根本不成问题，平时在功课上耗费的时间倒不多。班里那些“年纪大”

的都特别潜心请教她，尤其她的笔记，成了大家传阅的公众模板。这样的同学气氛中，让石榴犹如改头换面般，受到空前的贵宾“礼遇”，她从头到脚都未有过的轻松自在。

一有工夫她就和宁婷婷约好，逛逛街、去图书馆看看书或者到婷婷学校的自习室混上一天。没有了学校办公室的那些勾心斗角、尔虞我诈，对于石榴来说，进修的日子好不惬意！

第十二章　考研还是就业

在石安顺和苏红一再催促下，石榴买了一个手机。她不舍得用，本想把手机给石英，自己有个传呼机就够了，但石英说军校不让用手机，石榴也就留下自己用了。

宁婷婷最近总不照面，给她打电话，不是在外面正办事，就是在回安城的路上。

“婷婷，你最近神神秘秘的，忙什么呢？还等着你把上次借的书还了呢？”

“石榴，再等我两天，等我回去……”

“什么？我听不见你说话呀？”

“……火车上信号不好，先挂了……先挂了。”

“这家伙忙什么呢？谈恋爱了？神叨叨的……”石榴实在想不出宁婷婷能忙什么正事。

有了手机后，有一件事是石榴不曾想到的，她与洛飞之间开始了以前不曾有过的短信“打情骂俏”。

“干吗呢？”

“刚下课，去食堂吃饭。”

“不要跟陌生人说话，不要跟陌生人吃饭！”

“你未来要当安嘉和，还是让我当梅湘南？动机不纯，讨厌，又浪费我一毛钱！”

……

“吃完饭了吗？小爷跟你商量件事？”

“说吧，只要不是安嘉和的事，那电视剧太恐怖，你不会有他那样的变态心理吧，带鱼王子啥事，说吧？”

“小爷即将面临毕业，虽然有好几家工程单位都抢着要小爷，但小爷志向远大，深知学海无涯勤为径的道理，还在考虑考研一搏的事情。”

石榴马上收起了跟洛飞开玩笑的心情，给他拨通了电话。

“这么大的事，你跟家里人商量了吗？”

“你不就是我家里人吗？”

“还开玩笑！你父母怎么说？你自己想考研还是想工作？”

“……”（洛飞停顿了一会，像是从屋里走到了屋外）

“石榴，说实话，我更想工作，但是我分析了目前我的情况，本科想留北京，不是不可能，但比较难；回省城工作，进国有设计院或是考公务员，我挺不甘心的。”

“考研也不容易，我看婷婷宿舍有人很早就开始上辅导班准备了，你现在 ..... 来得及吗？”

“别人不行，小爷我可以呀！我就考本校，导师我都见过了，只要基础课过关，没问题。”

与洛飞通完电话后，石榴陷入了不安中，她从未对洛飞的能力有过质疑，反而在经历了高考和解决自己流言蜚语的事情后，他对洛飞有了更全面的认识。只是她虽然没跟洛飞提及，但她心里已经不止一遍在问：洛飞有没有考虑到他们俩的未来呢？安城？省城还是京城？以她目前的情况，进修结束后她肯定要回到安城，那时候怎么办，父母一直对他俩的事情都还没点头，洛飞和她也从来没讨论过这件事，但是未来总要面对的吧。

春节放假前，婷婷总算是露面了，石榴这才知道，婷婷为自己落户省城找“关系”去了。

“这段可把我折腾死了，安城和省城来回跑，快跑断腿了！”

“工作定了吗？”

“还没有，也就六分把握吧。”

“石榴，我们这拨人算是啥也赶上了。以前上大学都是国家培养，从我们上大学开始赶上了自费，当然人家也有公费名额，只是咱没那么好的成绩！这下好，毕业也没有分配了，美其名曰“双向选择”，像你家洛飞那样的双向选择肯定占便宜。”

“他有什么好占便宜的？”

“洛飞成绩好呀，人又长得不次，男生总是比女生占优势！再加上洛飞面试口若悬河一番，那好单位不挑他这样的挑谁呀？”

“他在你们眼里，真有那么出色吗？也就是在北京上大学吧。跟你说，他不找工作，准备考研究生了。他还没你那点门路呢。”

“哦，洛飞考研了呀，管鹏呢？知道不知道去向？”

“他倒没提管鹏，我回头问问。”

婷婷学校放假早，等着石榴一起回安城，刚进石榴宿舍，就一屁股坐在石榴床上，一副愁眉苦脸的样子。

“婷婷，把羽绒服脱了再躺，怎么了？谁惹你了？”

婷婷没吭气，等石榴放下东西，靠近婷婷才发现，她正脸对着墙在流泪。

半天，婷婷才坐起来，拿过石榴给她倒的热水，抿了一口。

“石榴，我今天才发现，原来这个社会有一个不可逾越的规则，我们在这个社会里混的人都要遵守这个规则，要么你就想办法跳出这个规则，前提是你必须非常努力，特别优秀。”

原来,婷婷留省城落户的事情黄了,这在石榴看来并不是没有料到。婷婷在省农大上学，成绩属于中等，自身资质一般，家庭属于普通工薪家庭，这样的家庭在当时能供出一个大学生，在婷婷的乡邻中已经属于“远近闻名”，而这样的家庭要再为她的职场铺路、增砖添瓦，指定不会有更多的余力了。

婷婷说她偏不信命，后来广撒简历，终在省城一家保险公司谋了个行政职位，勉强才落了户口。

第十三章　非典来了

在外求学的孩子们春节时终于回家团圆了。

管鹏是真不想再去石榴家“洗带鱼”，却禁不住梁洛飞的软磨硬泡、威逼利诱，还是照例被“绑架”到石家上演掩护洛飞的戏码。

“老石，这都好几年了，人家孩子每年都上门，咱也不能老装糊涂呀！”

“那你让我怎么说，同意他俩的事，往后呢，往后怎么办？”

苏红从衣橱里往外取新被褥，石榴和石英假期归来，好多拾掇起来的东西得重新往外拿。

“要我说,再看看,那小子不是马上毕业了吗,看看他往哪走再定。”

“我问石英了，说是考研，先不找工作呢！”苏红一提洛飞考研的事，心里就不是个滋味。

“不找工作了！哎哟……”石安顺擦拭铜火锅的手扶着腰停顿下来，满脸痛苦。

“老石，老石，你怎么了？”

正在厨房里拾掇带鱼的石榴几个人听到动静赶紧跑进屋来。

“爸,你怎么了？是腰不舒服吗？”石榴看见她爸正撑着腰不敢动，表情痛苦地呻吟着。她想扶着他，又怕碰着父亲，站在那措手不及。

“爸，你先试着坐下，能坐吗？”

“没事，不要紧，我缓缓……以前也有过，突然就僵住不能动了，让我缓缓，可能晚上受凉了。”

管鹏和洛飞赶紧从客厅搬了把椅子，又垫上厚厚的垫子，扶着石安顺坐好。

“你爸这不是第一次犯毛病了，让他去看看，总是说贴两块膏药就好啦。老石，正好孩子们都在，这小病不能拖，你们赶紧劝劝你爸。”

“我没事，我去医院看过啦。说是年轻时炼钢落下的，不能出大力。估计前两天搬货的时候用力了。”

“爸，你怎么又自己扛东西了！不是说好以后让小关干这些，你按月给人家点工资就行，你怎么，怎么还自己搬货上货呢！”石安顺咬着牙好不容易扶着坐好后，疼得额头渗出很多汗。石榴心疼地抚着爸爸的后背嗔怪着。

“是呀，我姐去进修前就跟小关说好了，爸，垫着点儿被子。”石英看到爸爸腰疼成这样心里又急又惭愧。

“叔，咱这地方医疗条件还跟不上，要不开春去北京看看，我跟洛飞去给您挂个专家号，是吧，洛飞？”

管鹏说着用胳膊肘戳了戳洛飞。

“是，是，叔叔，我一会儿就去联系北京同学，让他们去帮着找个好大夫。年后我们就去一趟看看。不，咱这两天就去看看，早治疗早放心。”站在一旁一直不敢多言语的洛飞赶紧搭话。

“这大过年的往医院跑，我不沾那晦气。我这点毛病去什么大医院，还往北京跑，没必要！”石安顺脸一拉，一副完全不爱搭理洛飞的样子。

“……哦，这样吧，洛飞哥，你先帮着联系，这两天先让我爸好好休息，等春节过了再去你联系好的那家医院。到时候还得多麻烦洛飞哥和二鹏哥。”石英怕父亲再动气，赶紧圆场。

洛飞观察着石安顺的态度比刚才缓和点了，他也摸不清石爸爸为什么突然对他没好气，站在那儿不知道该帮些什么忙，听见石英这么一说，赶紧应道：

“嗯，好，都一家人，没啥麻烦不麻烦的，我一会儿就让同学先帮着联系联系。”

石榴一直不敢吭气，她不知道父亲为什么在腰疼成那样的情况下，还给洛飞甩脸子，一边照顾着父亲，一边担心地看了看洛飞。

而洛飞明显有点儿尴尬，强挤着表情冲石榴傻傻地笑了笑。

春节刚过，石榴催妈妈赶紧劝爸爸去北京看病，苏红拉着石榴走到一边。

“你爸那天一听洛飞要考研的事情就恼了，说是那小子根本就没把你放心上，这是指定要留北京。将来你怎么办？你将来在安城上班，而他在北京，两地分居？你爸让我跟你说，长痛不如短痛，不是一路人别往一块凑。”

石榴这才明白爸爸那天为什么那样对洛飞。“妈，这么多年了你和我爸对他还没有好感吗？”

“傻丫头，没好感你爸早赶他出去了，还让他每年上门？你爸还说了，去省城看看就行，去北京太折腾，再说不能让你因为这事对洛飞感恩戴德的，他可不愿意搭上姑娘去看这个病，他还不至于到了靠闺女的程度。”

石榴才发现原来爸爸心里还是很看重他这个女儿的。只是一边看洛飞特别上心地在帮父亲联系医院，而爸爸心里却因他考研的事情而排斥这个人，石榴感到左右为难。

洛飞觉得自己像受气包：“我一进你家门就得‘尴尬病’，我这要到哪天才能讨着二老欢心呐！”

石榴并没有告诉洛飞父亲那天为什么对他无缘无故来了情绪，她也侧面问过洛飞，有没有考虑过他们的未来?

洛飞轻轻扳过她的肩膀，认真而自信地对石榴说："石榴，不要怀疑自己的人生，更不要怀疑我们的未来。记住：人生是走出来的，不是设计出来的。我们需要朝一个方向共同努力，我了解你内心渴望的世界，不会是省城，更不可能是安城，那就需要我们共同努力去行动，去实现属于我们共同的梦想。"

也许那个时候的石榴是需要洛飞这样的豪言壮语来激励自己的，她对未来充满未知，只想眼前赶快治好父亲的腰病，赶紧熬过这段时间。

最后还是妈妈苏红医院的同事托了熟人，挂了北京积水潭医院的专家号。石安顺这才在苏红和石榴陪伴下到了北京就医，石英本想请几天假一块跟着去，石榴拦住他说人够了。

石安顺腰椎间盘突出，做了个不大不小的手术，医生说手术后一定注意恢复，以后不能再干重活了。石安顺做完手术后跟老婆和女儿会心地说了一句特别由衷的话：人最幸福的事就是身体没病，心里没事!

直到父亲做完手术，石榴才放下一颗悬着的心，那时她才顾上审视这个曾经读过三年书的城市。

不巧的是，就在石安顺住院期间，京城遭遇了那场声势浩大的"非典"，对于生逢平安年代潜心岁月静好的大众来说，这场突如其来的SARS，无异于一场灾难。然而，古话说得好："祸兮福所倚，福兮祸所伏。"石榴因此也终于迎来了属于她命运的转折点。

第十四章　夏琳是谁

经历过非典的人们恐怕永远都不会忘记那场令人胆战心惊、不知所措的细菌攻坚战。 非典的袭击，几乎在一夜之间，大街小巷、医院商场等公众场合，人们都蒙上了雪白的口罩。以往坐公交车都是挤着，突然发现整个车厢人都不见了，偶尔零星的几个人煞有介事地正襟危坐，鼻子上戴着不知几层的加厚口罩，彼此说句话都恨不得隔着老远。那个时候口罩、消毒液、“防非典”中药等都成了畅销品，甚至一度脱销。每天新闻或是小区、医院里都有非典最新沦陷区域和人数的更新，逼得人们在那个非常时期，几乎到了不可思议的恐惧状态，心理防线随时崩塌，每个人眼神中透露出的绝望、恐惧和无奈，绝对是未曾经历的人无法想象得到的。

石安顺刚刚做完手术，苏红和石榴轮流在医院照看着，洛飞只要不上课就来医院帮忙，虽然石安顺对他还是不冷不热的。石榴对父亲的这种情绪不置可否，总是悄悄对洛飞投以无可奈何的眼神，洛飞也总是讪讪地笑笑，依然积极主动抢着干活。

从医院出来石榴就劝洛飞回学校，这几天别来回跑了，她明白父亲对洛飞的态度也是无可奈何。洛飞知道她的心思，扶起石榴低垂的头，轻轻拉住她的手。

“岳父大人身体不舒服，此时不表现更待何时！石榴，你要对我们的未来有点信心，哪有不经历风雨的爱情。我们都四年抗战了，叔叔在考验我，我不想争辩什么，看我实际行动吧。”

石榴发现，洛飞身上浑然天成有一股乐观、阳光的心态是她不具备的。看着洛飞坐上公交车，石榴不由得浮现出从前自己设定的爱情:

《飘》里的白瑞德是她偏爱的类型，她像所有爱做梦的女孩一样，想象着未来的“他”温柔体贴、成熟稳重、睿智风趣，那个“他”似乎具备了所有男性的优点。洛飞离他的“白瑞德”有很大差别，也许在她狭小的精神世界中，洛飞的出现给了她难以言说的力量，又或者她只是被动在接受着、经历着这一切，她并不知道她要什么、她未来要奔向哪里。她只是一步一步地慢跑，希望跟着洛飞的脚步，别让自己落下。

医院里的病人在那个“非常时期”变少了，石安顺所在的病房一下子腾出了两个床位。对于石榴和妈妈来说，倒也方便了不少，不用再挤在一张陪护床上对付，至少可以轮流睡个安稳觉了。只是在医院的病人和陪护家属多了一个严肃的“常规动作”——每天测体温，每天报告体温。大家的心都是悬着的。

没想到洛飞的一个电话，让石榴陷入更大的不安和担心。

原来，梁洛飞那天从医院返回后，他们学校就封校了。他出不来也并不要紧，要命的是没过两天，他出现了体温升高、咳嗽的症状。

在这之前，石榴并不感觉非典有人们说的那般恐惧，当石榴去了一趟洛飞所在的隔离医院后，石榴彻底感受到了一种震撼和威慑。负责检测的医护人员都全副武装，穿上隔离衣、戴上口罩和手套。在那里，体温异常并有呼吸道症状的病人由专门的呼吸科或传染科医生做进一步的判断，如果有干咳等比较明显的表面症状的市民，还要进行拍片检查。若胸部出现片状阴影，就由非典专家组进行会诊，排除的可以进入门、急诊就诊，不确定的送入定点发热门诊，高度可疑的留院观察，疑似或者确诊的病人则送入特别的隔离医院，那种状态下估计不是非典也差不多了。

洛飞好在拍完胸片后并没有什么进一步的症状，但也已经进入了隔离状态。

“我戴着口罩呢，戴了两层，洛飞，我进去看看你就走。”石榴站在医院大厅，跟洛飞急切地通着电话。

“别进来，石榴，这里面可不是什么好地方。放心吧，小爷这身板平时连感冒都少，就咳了几嗓子，被我们宿舍管理员就举报到这来了。放心吧，没事，赶快回去照顾你爸吧。咳咳……”洛飞还有明显的咳嗽症状。

“那你还有什么别的不舒服吗？我，我现在害怕死了，我怕……”

“怕啥？我跟非典绝着缘呢！别担心啦，你自己戴好口罩，这两天在医院小心着点，大医院才是重灾区。”洛飞更担心身处医院陪护的石榴。

“……我就想看一下……”石榴眼看着旁边全副武装的医护人员，满脑子都是不好的设想。

“快回去吧，一会儿我该担心你了，我这儿吃得好睡得好，正好复习考研。”

石榴万般担心，她从来没这么担心过洛飞，似乎从来都是洛飞在担心他，帮她考虑、操心。这次，她真的害怕了，万一……

“大夫，我找北京工业大学的梁洛飞，他昨天刚送过来的。”

石榴在门口踅摸着还没走，突然听见一个女生的声音。

“梁洛飞高度似非典，现在谁都不能探视，有什么事我可以转达。”

“您通融一下，我是梁洛飞的同学……”

“同学？是父母也不行，这是规定，你别打扰我们工作。”

石榴打量着面前的这个姑娘，个头比她高，白皙皮肤，清秀脸庞，烫着一头洋娃娃似的卷发，说话声音娇滴滴的很好听。

“大夫，我叫夏琳，这是梁洛飞让给他带的书，这还有点吃的，麻烦您转交给他。哦，对了，我把电话留给您，梁洛飞他家在外地，我家住得离着不远，这有我家座机和手机号，有什么事麻烦您给我打电话，告诉我一声。”夏琳细心地叮嘱护士。

“你是她女朋友吧？可真够贴心的，好吧，放我这就行，赶紧走吧。”

“谢谢大夫。”夏琳笑的时候露出一对迷人的酒窝。

望着夏琳远去的背影，石榴心里顿时像五味瓶打翻一般。

“夏琳是谁？她为什么会给洛飞送书？是洛飞让她来送的吗？大夫说她是洛飞的女朋友，她为什么不否认。”

她拿起手机想要打给洛飞，刚把电话拿出来，在准备按下“拨打”键时，她犹豫了。

“洛飞不会在北京还有一个女朋友吧？难道她竟然跟牛心羽一个遭遇？不可能，洛飞宿舍里都知道我是她女朋友啊，也就是说这个叫夏琳的跟洛飞不是那种关系。那为什么她会在这个时候来看洛飞，为什么，为什么……”

一直到返回医院，坐在病房里，石榴都在反复想着琢磨着，看似她坐在那里想事，其实大脑里一片空白。一会儿她脑子里又出现了夏琳的模样，迷迷糊糊中，她似乎看到洛飞和夏琳手挽手从她身边经过，夏琳经过她时得意地向她炫耀着。原来，她打了个盹儿。父亲恢复得挺好，再住个三四天就可以出院了。苏红嗔怪石榴："每天魂不守舍的，跟那小子闹别扭了？"石榴心烦，看看病房里也不需要她，就编了个理由从医院里出来了。石榴也不知道该去哪儿，街上满眼的口罩，公交车随便坐哪辆似乎都是专车待遇，她糊里糊涂地下意识竟坐车到了海淀图书城附近。

石榴边走边看着，这里正悄悄经历着巨大的变化。昊海楼附近各式店铺撑起了"步行一条街"，旁边赫然盖起了一栋建筑时尚的"第三极"大厦，不变的是昊海楼依然存在着。门口进出着戴着口罩的行人，明显没有了以往的热闹繁华。石榴不由得感慨："年年岁岁花相似，岁岁年年人不同！"好多书店的面孔都是生疏的，当她挪步到一层东边那家她熟悉的不能再熟悉的店面时，她愣住了。

第十五章　杨萍抛出橄榄枝

当石榴看到杨姐依旧坐在那张椅子上，一头整齐短发配一身灰色的职业女装，如从前一般在记账，她愣住了。时光似是回到了从前，她还在师范学校读书，每个周末来到书店里整理书籍、照看店铺，一切都好像穿越回到了四年前。从走进图书城开始，所有看到的一切：装扮一新的步行街、外形奢侈华丽的“第三极”、陌生的店名、陌生的店主……致使她以为杨姐的店早已人去楼空，没想到一切照旧。

杨姐下意识抬头看了一眼门口的石榴，刚准备低头继续理账，似乎反应过来又扶起眼镜仔细打量了一下眼前这位姑娘。

“石榴？我没认错人吧，哎哟，是石榴。”

杨姐笑盈盈地起身走到石榴跟前，赶忙拉着石榴进了屋。

“杨姐，我没想到，您还开着这家店，我以为自己看错了呢。”久别重逢的喜悦同样感染着石榴。

杨姐拉着石榴寒暄着，细细问了石榴毕业后的情况，家里呀、工作呀、学校呀，一直问到石榴男朋友。像一位多年不见的亲人闲话家常的同时，关心着彼此。

“你爸爸身体怎么样，需要帮忙吗，别跟我客气。”杨姐关切地拍了拍石榴手背。

“已经做好手术了，恢复挺好的。”

“那就好，有需要搭把手的一定告诉我。丫头，别把杨姐当外人。对了，给你我的手机号。”杨姐掏出一张名片给了石榴，又记下了石榴的电话。

“石榴，这两天我到医院看看你爸爸。”

“杨姐，别，您不用麻烦，我爸再过两天出院，我们就回安城了。再说这赶上非典，您可千万别跑医院。”

“石榴，说实话，你从四年前在杨姐这看店，我就特别喜欢你这丫头，你身上那股劲儿跟我年轻时挺像的。我都多大岁数了，非典再可怕，也得生活不是？”杨姐亲切的笑容犹如家人般，让石榴很感动。

石榴在海淀图书城一直待到很晚才返回医院。

第二天杨姐真的来医院看望了石榴的父亲，走时石榴一直送到了医院外。

杨姐语重心长地拍拍石榴的手说：“丫头，你昨天说男朋友在北京上学，你们以后是怎么打算的？”

石榴想到了昨天那个洋娃娃一般的夏琳，不由得苦笑了一下。

“我没想那么多，走一步看一步吧。”

“石榴，听杨姐一句劝，你是撑起自己的唯一，可依靠的永远只能是自己！”

“……”

“丫头，杨姐也是活了大半辈子的人了。我看你也不容易，你爸爸的这个身体……你也说还有一个上大学的弟弟，杨姐别的不敢说，跟着杨姐在北京干，提高生活质量肯定比你在那个学校上班强。这个书店协议到期我就不干了，以后我就专门做文化公司，现在做培训很有市场。”一向精干利落的杨萍再次向石榴提出了邀约。

“杨姐，我知道您的好意。我那个班是铁饭碗，估计我爸不会同意我到北京……来工作。”石榴先想到父母的反应。

“我没别的意思，你再考虑考虑，可以寒暑假先过来试试。”

望着杨姐远去的背影，石榴的心里在翻腾着，杨姐那句反复出现的“机遇摆在眼前也要自己取舍”就像一个钟摆在反复敲打着她。

“我要试试吗？”石榴见到过婷婷为了一个铁饭碗到处求人，处处碰壁的情景。而自己真的要扔掉这个铁饭碗去寻求那份不安定吗？不要说那时候，就是现在让你从一个公家单位辞职，家里也是要地震好几次吧。

石安顺终于顺利出了院，梁洛飞却因为观察期不到还在隔离着。石榴想到那个来路不明的夏琳就憋着一肚子的疑问，渐渐地攒成了怒火，洛飞给她发信息，她故意不回。洛飞觉得莫名其妙，以他对石榴的了解，知道情况不太对。

“大小姐，我这生死未卜，你就弃夫不管啦？好几天都不问一下小爷。”

“你这哪有不好的样子。我看你在那吃得好，住得好，说不定还有佳人作陪，我这……我这每天还要照顾我爸，忙得很。”

“自古天下唯女子与小人难养也。等等不对，什么佳人，谁是佳人？”

“谁是夏琳？”石榴说出这个名字，鼻子一酸马上就要哭了。

“哈哈哈……你终于吃醋啦。哎呀，我太高兴了，你终于会嫉妒了，夏琳是我们系老师的女儿，他父亲是我想报考的导师。我说嘛，哈哈……”

“你还乐！医生还说她是你女朋友呢！我看你俩挺般配的，我还是别耽误你了。”

“好石榴，别闹了，我说真的，那个夏琳跟我，就是纯洁的同学友谊，人家可能早有男朋友了。再说，我的眼里只有你！”

恋爱中的情人总有无数次的嫉妒，也有无数次莫名其妙的猜忌出现。幸福和痛苦总是相伴而生的，这个，恐怕谁也说不清楚。

第十六章　什么卖保险，那叫专业理财

石安顺的小商店看来是很难再独自经营下去了，但老石对这个小店也着实有了感情。但是单靠小关看看店，进进货，时间久了也不是个事。苏红理解老石的心情，店盘出去转给别人，老石肯定割舍不了。正好赶上医院办理内退，苏红也就干脆申请了内退，一方面方便照顾老石的身体，一方面也能帮着经营店铺。说来奇怪，那年这个小商店倒是出奇的火，生意从来没有过得好。夫妻两口子虽然日日夜夜忙着，倒也乐呵呵，心里美滋滋的。店里就小关一个帮工，累得小关直嚷嚷：赶紧再雇一个人，他要忙不过来了。

宁婷婷总算是留在了省城，进入保险公司开始实习。来找石榴的时间也就少了，周末的时候，石榴会到婷婷租的房子里俩人聚一聚，自己做点吃的。而洛飞从隔离期过后回到学校一直忙着考研复习，每天跟石榴保持着电话通信。石榴说他不像黑猩猩，像只骆驼，真沉得住气，别人都已经陆陆续续找好工作了，他倒好，踏踏实实过这一年空窗期，早点准备考研多好！非典依然是每个人的首选话题，每天公布的感染数据看起来有所回落。这场史上有名的SARS来得快，也去得急，终于在炎热的酷暑季节到来时渐渐散去了。让每一个人揪着的心终于平复了。于是，大街上、商场里、公交车、火车站等公众场所又恢复了往日的喧嚣，由刚开始胆战心惊不敢摘下口罩，到后来渐渐扔掉防护恢复了往日的热闹。

像往常一样，石榴准备一放暑假就赶紧回去帮着父母干点活，商店里的事情别看就是些进货、卖货、看店一类的简单活计，却很耗人。

尤其是爸爸的身体，她每次打电话都要嘱咐他“千万别累着，多动嘴别动手”。石英比石榴早放假，来到省城找她一块回安城。正好赶上周末，姐弟俩正收拾着第二天的行李，宁婷婷进了门。

“石英，军校是不是管得特严？有女朋友了吗？给你介绍一个？”

“还行，跟地方学校差不多，就是出校门要报告，还要轮流休假才能出去。反正就是组织纪律性要求高。像婷婷姐这样崇尚自由，你肯定受不了。女朋友的事就不劳姐你操心了。”说完冲婷婷挤了挤眼睛。

“你还真把我看扁了……对了，石榴，我打算实习期过后去跟领导申请，去业务岗试试。”

“啥？你要去卖保险？”石榴一下子提高了嗓门。“宁婷婷，你一个大学生跑去卖保险，你没事吧？”

“姐，你可别瞧不上卖保险的，我们班同学的妈妈就是你所说的卖保险的，工资挺高的呢。”石英一旁插嘴道。

“你看你们都孤陋寡闻了吧，什么卖保险，那叫专业理财好不好！将来保险业是肯定要火的，看看国外就知道了。这一段经过培训，我很有感触。再说，做业务还有提成。”宁婷婷信心满怀。

石榴觉得这可是个大事，怕婷婷一时冲动，停下手里正收拾的东西，坐到婷婷面前。

“婷婷，你可要考虑清楚，那个保险让人听起来不是很……很体面呀。你回家能交代吗？你四年大学毕业，去跑保险，这不就跟人家没上大学没文凭的一样了吗？”

“石榴，你不了解我们保险这个行业，这么跟你说，未来保险涉及每一个人的生活，我觉得你们要重视保险，必要的时候给你们自己，包括你爸妈都得买一份保险。对了，到时买保险记得找我噢。”宁婷婷手搭在石榴肩膀上，对未来充满信心。

“婷婷姐，这么快就开始推销了啊。”石英边收拾边开玩笑。

“在商言商，石英，跟你们同学啊朋友啊介绍，我打算做财险，记得把我电话留给他们。”

“婷婷姐，现在还没赚着钱呢，倒一副保险业主人翁姿态！”石英嗔怪她。

“我的业务能力、公司的业绩直接跟我的收入挂钩，这叫做公司的主人！懂吗？小子！”

石榴望着眼前兴奋的婷婷，她不禁迟疑了，难道这培训后的婷婷真的被洗脑了吗？她本还想跟她讨论关于“专业优势”的问题，石榴忍了忍，还是咽了回去，没再问。她觉得婷婷现在是主意已定，尽管周围都是不赞成的声音。

石榴和石英同时返回家里，令久未热闹的石家多了不少欢声笑语。石爸和石妈为这难得的团聚高兴地合不拢嘴，到了石爸石妈这个年纪，没有比家庭团圆更重要的事了。

第十七章　晓文的婚礼

就在石榴回到安城没两天,她接到了久未联系过的王晓文的电话。这位石榴师专的好朋友，毕业后就“失联”了。记得她放弃了老家当幼儿园老师的铁饭碗，在北京亲戚帮助下，找了个京城酒店餐厅服务员的工作。当时同学们都替她惋惜，石榴也曾劝过她，她觉得自己志在大城市闯荡，不混出个模样绝不会回到小城市当什么幼儿园老师。

晓文告诉石榴，她要结婚了，希望石榴能来参加她的婚礼，她也邀请了王国庆。

“妈，我师专的同学在北京办婚礼，你说我要不要去一趟？”

“结婚？你同学这么早就结婚了？哪个同学，我们听过吗？”苏红听石榴去北京，马上提高了警惕。

“王晓文，我们宿舍那个，她后来没回她们那儿当老师，留北京工作那个。”

“石榴，这结婚可是人家大事，你该去一趟！爸让石英给你买卧铺去。”石榴爸很支持石榴。

“爸，不用，王国庆也去，我问问他，一块买个硬座就行。”

“那哪行，闺女，睡个卧铺，咱家经济现在好多了，不能让我闺女受那个罪！路上多带点钱,穷家富路。上北京该花咱就花,别不舍得。”石安顺以前觉得愧对孩子，现如今条件好了，想让闺女出行舒服些。

石榴看着爸爸那已经累得有点佝偻的背，花白的头发，心里不禁有点酸酸的。她知道父亲这是不想让她在同学面前显得太寒酸，她也知道父亲更不想让她在见到洛飞时显得抠抠索索的。

当王国庆和石榴在婚礼前一天见到王晓文时，他们才知道她的新郎是个老外，而且是个老头。

“晓文，过来一下。”石榴示意她借一步说话。

“这几年你过得怎么样，你……你老公他对你好吗？他看上去大你不少啊？”

“石榴，我知道你想问什么，我找了个老头对吧？没关系，你别跟我拐弯抹角的，咱俩不需要。想问什么，我都告诉你。”晓文个头没有石榴高，烫了一头精致的卷发，五官属于精致小巧型，穿着打扮已完全西化。

“你们家同意吗？”

“不同意，我爸妈根本不同意，我带着他回去连家门都没让进。我爸还让人告诉我，跟他在一块就不认我了！”晓文说这些好似并不在意，像是在说别人的事情。

“你这丫头，那你还跟他结婚，他哪好呀？年龄还那么大。”

“是，Tony比我大29岁，岁数都能当我爹了，可年龄不是问题呀。实话告诉你吧，我跟他没什么感情，也没想过培养什么感情，结婚后我们就去美国了。我只是想拿到美国绿卡。”

……

婚礼那天，看着台上笑靥如花的晓文，挽着那位白发苍苍的Tony，石榴心里像打翻了五味瓶，很不是滋味。

“哎，石榴，听说这老头已经结过两次婚了，看见晓文伴娘了吧，全是那老头的三个女儿。”坐在一旁的王国庆小声跟石榴嘀咕着。

石榴冲着国庆比画了一下“嘘”的手势，示意他小点儿声。石榴环顾四周，果真没看到晓文的家人，只有寥寥的几张晓文亲戚家的面孔。她再次看看台上的晓文，再看看旁边那个大她不少的老头，她困惑了，不是说婚姻和爱情对女人来说是排在第一位吗？难道出国、绿卡对于晓文来说比亲情、比家人的祝福更重要吗？这使她第一次见识了原来婚姻也可以不以感情为基础的。

这场婚礼让石榴懵懵懂懂、心猿意马的，她那天晚上做梦都是晓文的大笑声，笑着笑着就疯了，突然笑容变成了泪流满面，她告诉石榴她想家，想回国……

洛飞参加了考研辅导班，班里毕业的同学要么工作，要么考研，要么留校，还有出国留学的，洛飞跟留北京工作的同学合租了学校的单元房，一套房子住了3个人，拥挤而杂乱。考研辅导班真是火得不行，石榴跟着去旁听了一节课，满满一大教室的人，估摸着得坐近200个人，来晚的坐后排的连老师脸都看不清。看着这乌泱乌泱的考研同学，石榴想着自己跟牛心羽的职称竞争也就释怀了，跟这么多人的求学求职比起来简直小巫见大巫啦。

“这不算什么？看见旁边那个大教室了吗？”洛飞悄悄跟石榴耳语。

“难道是考博士的？我看讲桌旁边都坐上人了。那边好像讲得比这个老师好，总能听见掌声。”石榴不由得伸长脖子往旁边教室又瞅了瞅。

“那边都是未来的‘海龟’，是准备托福考试的。”正说着，那边教室又传来一阵掌声夹带着笑声。

“现在学生考试的培训这么火，这都是学校自己搞的培训？”石榴想到杨萍说起的时下正风生水起的培训行业。

“学校办的也有，大部分都是社会上的师资力量，说白了就是靠这个赚钱。”

“我原来在图书城打工那家老板杨萍就是专搞培训的，还让我去她那兼职呢！”

“你来都来了，去试试也好。反正也是熟人，技多不压身，去见识一把也好。再说，你在这待着还能解我‘相思苦’。”洛飞说完在桌子底下碰了碰石榴的腿，然后若无其事地直视讲台。

“脸皮真厚，黑猩猩还能上大学，现在又考研究生真让人刮目相看哟……”

“嘿，你讽刺我，看我……”

“咳、咳……上课呢，要闹外边闹去。”后边的同学对他俩的窃窃私语终于忍无可忍，发出了警告。

“管得着吗，你……”洛飞扭过头，扯高了嗓门回道。

“对不起，对不起……”石榴赶紧拽住洛飞胳膊，让他别吭声。

教室里老师还在激昂地讲着微积分，石榴琢磨着洛飞的话，思忖着要不要去杨萍那试试，这次来京参加王晓文的婚礼确实刺激到了她。

第十八章　培训那些事

石榴犹豫再三，还是去了杨萍那里打工。她原是抱着学点见识、积累点学校以外的社会经验的想法才兼职的，没想到却是投身了今后多少年为之奋斗的行业。

杨姐自己租房住，石榴只是寒暑假短期来打工，俩人也就凑合挤一挤。公司离租的房子并不近，好在杨姐有一辆二手的夏利。但，平时石榴出去搞培训活动都是挤公交，赶到上下班高峰期，那种“馅饼”体验让石榴一直心有余悸。公交车上，石榴经常是脸被挤在一个人的腋下，当她好不容易把头转向另一边，又是另一个人的腋下，味道熏得呀……这些经历也实实在在告诉石榴大都市生活的真实、残酷和不易。

其实，杨姐这个团队人并不多，加上石榴一共才六个人，还有两个是退休返聘有点资质的老教师，也就是说每天正常能坐班的也就三个人。石榴与杨姐每天朝夕相处，加上石榴为人勤快，不惜力而且话不多，杨姐就会在平时对石榴多提点一二，讲一讲培训的业务知识和这里面的“门道”。杨姐说她之所以选择教育培训这个行业来投资，是因为这个市场投入产出比高，收益比较大。

“除了早期需要公司注册成本，简单的办公用品，再就是人力成本，也就是工资这块。在这个行业里养人最费钱。”

“人少了那业务不就也少了吗？”

“你问对了，这就需要广告营销来补齐。”

“打广告需要很多费用，而且影响力能起到预期效果吗？”

“目前互联网越来越发达，咱们就得多做网络营销，而且影响力还大。”

“丫头，这些年摸爬滚打下来，我吃过不少亏，也赚了一些小钱。这两年培训市场日趋理性，跟前几年大伙一窝蜂上马，拼命打折促销蚕食市场不太一样了。而且什么培训赚钱，做短期还是做长期培训，是做学历教育还是做技能培训，这里面都有‘窍门’和‘门道’。”

“杨姐，您说的有些我能听懂，有些还没明白。我虽然文化程度低，但我愿意下功夫去学。”

“丫头，别随便轻视自己。人家都说‘心有多大，舞台就有多大’，这话对也不全对，你只管去做，往那个道上走，其他的要看造化。杨姐要不是不信命，能退休后来到遍地黄金的京城分一杯羹吗？成功者必定先是敢于取舍的。这你慢慢体会吧。”

在跟杨姐相处和共事的过程中，公司事务的学习倒是其次，更多的是在校园里未曾经历的见识和眼界。学校的知名教授、普通老师、刚毕业的研究生、工商行业的能人、教育局头头脑脑……方方面面，再大再难的事，杨姐总是能轻松斡旋其间。

寒假假期虽然短，石榴按照预先商量好的，还是如约坐火车到北京来兼职。

“进修就进修，瞎折腾，那点工资还不如回来在咱这小商店多卖两天货！” 妈妈苏红一开始并不同意石榴到北京折腾。

石安顺倒是出乎意料地赞成石榴到杨萍那里学本事。

“老苏，你这是头发长见识短！现在这社会发展多快，咱们这小本经营能有啥技术含量。何况杨萍人咱也见过，是个有底的人，石榴跟她学东西我放心。”

日复一日，石榴除了每天做事，还买了很多培训方面的国家政策教材和培训成功案例自学。平时，在有外语和IT培训活动时，石榴都早早地放置好培训的“易拉宝”，把现场设施调试好，给老师安排好讲桌后，便坐到前排桌子，拿个笔记本边记边听。遇到不懂的便在网络上搜。公司的账目都是她靠自学excel做好的，既简单又方便，比手动记账方便多了。耳濡目染中，石榴觉得自己在网上也不再是单纯的聊聊天，还开始了Photoshop绘图、简单的网页设计操作。连洛飞师弟的寒假作业里的网页设计都是石榴替他做完的。洛飞觉得女朋友很给他“面儿”，更是对眼前的石榴“不能小觑”，戏称她为“中国未来的比尔·盖茨”。

放假回家时，跟学校同事小刘聊天，小刘是专门负责石榴他们学校师资培训的，不禁对石榴大倒苦水：职业培训是多么多么难搞，校长施压，工学矛盾，职工不配合。石榴建议她借力来搞培训，找专业的培训机构代理职业培训或是通过网络培训，既省力还有效果。同事将信将疑，后来开学后在石榴的指导下，没想到取得了意想不到的效果。

慢慢地，石榴悟出了杨姐多次跟她讲的“注重培训服务的个性化”的缘由。原来，她觉得培训比的就是谁请的教授、专家资质厉害，谁的培训设施配备完善，哪家的毕业升学率高、就业率强、拿到的证书多，哪家培训效果就强。后来她在看到杨姐率先在行业内进行了培训对象调查问卷，培训总结报告这些吃力不讨好的事情时，她渐渐悟出了其中的门道：时下培训机构经营者已很少使用低价这一手段来赢得市场，而越来越注重培训服务的个性化。面对如此巨大的教育培训市场，只有通过正确的市场途径，才可以在广大的财富空间里大展拳脚，分得一杯羹。

石榴从未感觉自己的生活竟会如此丰富多彩，工作起来浑身有使不完的劲儿。她喜欢在寒冷的冬天，站在高高的阳台向远处望去，静静观看那慢慢升起的骄阳，轻轻说出一句：“你好，新的一天！”

第十九章　停薪留职

那一年，石榴生命里发生了几件大事。男友梁洛飞如愿考上了本校的研究生，石英在军校荣获三等功，宁婷婷在保险公司晋升了主管，而石榴也离进修结束回学校报到的日子越来越近了。石榴一直思考着一个连她自己都将信将疑的事情：是否停薪留职，继续在北京杨姐公司打工。石榴曾看过一句话：开了眼界的人，从此心大了，世界小了。

宁婷婷在保险公司升了职，特意请石榴吃了顿好的。

“石榴，我是赶上了‘中国保险业的上市年’，人家说选择比机遇更重要，我天生是做保险营销的材料，这一年多我体会多了去了。”婷婷升职后对工作更有自信了。

“人逢喜事精神爽，你干得起劲我真替你高兴。现在你家里人对你选这行不那么反对了吧？”

“好多了！你可是不知道，最开始我从内勤转到营销岗位时，从家人到左邻右舍哪个瞧得上呀……哎，我起初跑保险单子没少被人拒绝、吃闭门羹、遭人冷眼，啥难处没经历过，那滋味差点没熬下去。”婷婷跟石榴边说边流着眼泪，哭着哭着又笑了。

旁边那桌吃饭的人纷纷扭头看向她俩。石榴只当没看见，继续轻轻拍拍婷婷后背，由她笑由她哭，由她发泄，打心眼里祝贺她取得了好成绩。

“都熬出来了。我当时就跟自己说‘保险不是人做的，但却是能人做的’，我对每一个可能的客户都坚持服务至上，将温暖和幸福送到客户的心坎上。人心都是肉长的，我跟他们交心，我就不信没有不成的理儿。我们这一批很多人都辞职了，而我不但坚持下来，拿到的保单额还是数目最大的，连我自己都被自己的成绩单吓着了。” 婷婷说完手舞足蹈笑了。

好在餐厅此时响起了音乐，人渐渐多起来，周围也嘈杂起来。

“婷婷，祝贺你升职，你是实至名归，愿我们婷婷女士翘首展望新征程，今后风光无限。来，干一杯。”

两个人碰了碰杯中的饮料，婷婷突然想到了什么。

“对了，你进修马上就该到期了，你跟洛飞这一南一北，以后怎么考虑的？”

石榴放下了手中的杯子，看着窗外华灯初上、车流飞逝、霓虹闪烁，不置可否地苦笑着。

“婷婷，老实说，我很羡慕你。可以大胆去做自己喜欢的，我却不行。”石榴边说边摇头。

“是谁捆住你手脚了吗？我还是那句话：选择比机遇重要。过了这个村就没这个店了，世间有各式各样的药，就是没有后悔药。你呀，就是瞻前顾后太厉害。”

大概是被婷婷的情绪所感染，石榴那晚说了很多很多，从小时候一直讲到长大后，又讲了很多她和石英淘气的事情，讲了梁洛飞对她的关心和照顾，讲了她在杨姐公司看到的、学到的。婷婷也不打扰她，任她那么说着，乐着，哭着。

“石榴，别怪我说你，你说初中咱们班属你学习好。”刚说到这婷婷马上意识到她正在戳石榴的痛处。下意识地把手放在额前做了个“sorry”手势。

“也是，我知道你家里那几年条件不好。可是，偏偏你跟洛飞好了，人家又上了个首都大学，现在还考研了。过去的事情咱们不能挑拣，但是，现在你该对自己有个抉择。先不论考不考虑跟洛飞在一块的问题，就活自己来说，得分辨是找一个安全的铁饭碗还是找一个可以发挥的舞台，这关系到你的未来。”

婷婷放下手中的杯子，抓住石榴胳膊，继续说：

“说真心话，我挺羡慕你的，长得不赖，学习还好，有一份稳定工作，有初恋男友木棉一般的纯真爱情。不像我单恋，以为人家也像自己那般痴情对我，估计若干年后对方根本不记得我名字。哎……不过你打他那巴掌他肯定忘不了的！”

婷婷所说的单恋对象，是比她小一届的师弟，跟婷婷一直关系暧昧，害得婷婷单相思很久，石榴拉着婷婷去找他理论，正好撞见那男的跟别的女孩约会，石榴抡起手臂一巴掌打了那个渣男，算是为闺蜜出了口恶气。

“石榴，知道吗，你平时看似温顺，发起火来就像头母狮！”婷婷用感激的眼神望着石榴。

“还说，那还不都因为你，可别说出去，破坏我淑女形象！”石榴开玩笑道。

“我要是你，就相信自己，自信比黄金还重要！”婷婷今晚“金句”不断。

石榴看着眼前滔滔不绝在劝自己的婷婷，思绪已漂浮了。

“我真的可以任性一下，做出我自己想要的选择吗？我要当一个彻头彻尾的北漂？放着手里的稳定工作不要？像王晓文那样在北京打工吗？其实，这个答案她一早就已经有了，只是，她还没对别人说过，她只想等自己想清楚了再告诉父母，能不能说服他们。

果然，“停薪留职”这件事情在家里掀起了轩然大波。最支持她去北京打工的是洛飞，他早就等着石榴下定决心了。石英呢，在吃惊之余还是尊重和支持姐姐的决定。而极力反对的还是石榴的母亲苏红。

“石榴，我早就对你寒暑假去帮那个杨萍不满意，要不是你爸同意我根本就不让你去。看看，看看吧。老石，你看怎么办吧，这闺女心已经野了，收不回来了。”苏红说是收拾柜台，其实根本没心思，拿着块抹布比画着擦来擦去。

石榴悄悄看了一眼父亲，石安顺从抽屉里拿出了一支烟，自从上次做完手术后，他已经很少抽烟了，缓缓点上，放到嘴里使劲吸了一口，眯着眼睛沉思着，一言不发。

“你倒是说话呀。石榴，你知道现在工作多难找吗？你姨家的二小子到现在还没找着事干，吃家里的用家里的。”

苏红怕说急了，又坐到石榴旁边，握着石榴的胳膊。

“闺女，听妈一句劝，那北漂住的都是地下室，每天累呵呵的。再说，洛飞毕业后也不一定能留那儿，是不是？”苏红几乎是软硬兼施。

“妈，我不是因为洛飞在北京才去的，我是真想要试试，我到底能不能在那个城市干出自己的事业，我喜欢做教育，喜欢教育培训这个行业。”石榴极力说服父母。

“你，你以为光喜欢就行？你真是不撞南墙不回头……”苏红把抹布甩一边，不吭声了。

这时，一直没有吭气的石安顺摁灭了烟头，站了起来，像宣布重大事情一样。

“孩子，你爷爷在我离开老家参加工作的时候，跟我说过一段话：每个人都有那么一个阶段，看到山，就想知道山后面到底是个啥。于是，就想办法翻过这座山，也许翻过这座山，你会发现根本没什么特别的。更可能，回望一下，觉得还是山这边更美。但是，我们在没亲眼看到之前根本不会听别人劝说。"

石榴低着头琢磨着父亲这话里的意思。

"去吧，放手去干吧，你爸妈还能顶上，你弟也马上毕业了，这家里有我们，你既然决定了就去试试吧。"

石榴眼泪顿时夺眶而出，曾经她多么讨厌父亲，讨厌他的重男轻女，甚至恨他在众人面前打自己，怨他下了岗，让本来可以上大学的自己只能上师范学校……现在，她觉得眼前这位略微佝偻着背的父亲看起来是那么伟岸，他那段话是多么有爱的长辈才能讲出来的深刻呀。她奔上去，扑在父亲的怀里，呜呜哭起来。

"你们这对父女，疯了，我是不管了，由你们折腾吧……"

石榴和父亲看着妈妈被气得甩手离开的样子，俩人都笑了……

第二十章　开启北漂生活

石榴回学校办好了停薪留职手续，进修一结束便来到北京，正式开启北漂生活。

原来临时跟杨姐挤挤还行，现在长住了就不方便了。石榴跟杨姐合租了郊区四合院的两间十平米屋子，地方虽偏倒也安静，房租也便宜，只是上班路途远点，每天几乎横穿半个北京城。夏天还不错，青山绿水的，心旷神怡。可到了冬天，洗衣服上厕所无一不是麻烦事：洗衣服得先往冻冰的水管子上浇开水，上厕所要去院里的公厕，赶上人多还要排队。附近在旧房改造，要是下雨，路面泥泞不堪，周围小商小贩随意摆摊，环境破败不堪，声音嘈杂鼎沸。一帮异乡人天南海北聚在此，读书、做生意、打工……石榴见过房租到期，扛着自己的大箱子和锅碗瓢盆黄昏时还在巷口徘徊；见过上班高峰大家排队上厕所，前面人一蹲半个小时不出来，后面的人憋得面红耳赤骂骂咧咧；她经历过有些住户不讲卫生堵了院子里的下水道，积水四溢的邋遢场面；她也经历过公司还没发工资，房东催交600元房租，她极力求情让缓几天的尴尬……从那时开始，石榴才真正意识到北漂真不是一个说说而已的“名词”，意味着从此你便是一个孤独地在这个城市混迹的异乡人，你要携带孤独者残存的自卑和骄傲，在不断失望中重新燃起自信去打拼奋斗。

而这一切，是梁洛飞所不曾经历过的。洛飞是211大学的全日制研究生，坐在宽敞明亮的大教室，住四人一间的宿舍，身边都是风花雪月与和平盛世，没有生计之苦，也不会直面竞争社会的尔虞我诈。石榴曾挖苦自己是“都市中无归属感的孤独游离体”。看到挣扎受苦的石榴，洛飞暗下决心加紧学习，他申请了提前一年毕业，想赶快就业，找一份稳定可靠的工作，来减轻石榴的压力。

杨姐的“杨帆教育培训”公司在市区、郊区都有培训项目，偶尔有外地的培训，还要出差。市区培训比较简单，一般就接送老师和安排学员报到、听课。郊区就繁杂一点，除了日常听课安排，还要管理食宿，学员日常培训事务方方面面都得细化，考虑周全。公司里，石榴最年轻，很多外联和跑腿出力的活难免落到她身上，有时候，别人都吃完饭了，她还在与酒店布置下午的会议室和课件安排，好不容易布置好了，老师又开始上课了，她又得拍照、应付学员的各种开发票啊、课程反馈呀、接送培训老师啊……一年下来，石榴瘦了十斤。

有次婷婷来北京看石榴，开玩笑说：

“石榴，你们公司还需要招人吗？我把我表妹介绍过来，她足足160，减了很久减不下来。”

“可想好了，来我们这干活，减肥减过了一概不退钱。”石榴这样自嘲。

“石榴，后悔来北京吗？”

“你看看这个城市每天说不定有几百万人都在后悔这事那事，有用吗？不过，婷婷，说实话，”石榴说着拿出了一本最新出版的《保险从业技巧》递给婷婷，“上次书店顺便给你买的，省的寄了。”

“说实话，人不怕没钱，就怕没有希望，我比较幸运，目前还残存希望。”石榴自嘲式地吐吐舌头，耸耸肩膀。

这一年培训市场进驻了不少外资企业，虽然杨萍公司的培训业务并未受到太多冲击，但面对专业性愈来愈强、私人订制且多样化的培训机构，他们这支老龄化明显的队伍，总显得心有余而力不足。尽管应对措施还是没有完全解决，团队中的每一个人仍然干劲十足、充满斗志。

返聘的赵老师说："没准哪天我们还能把培训公司搬到国外去呢。""信息通"小覃说："那时候我们就不再是北漂了，我们就是'美漂'、'英漂'，这样才跟国际接轨嘛。"公司那间不大的办公室经常是笑声一片，杨姐在管理上从不苛责员工，跟大家没有上下级之分，她鼓励大家集思广益，事前做好计划，事后及时总结。几年风风雨雨中，带领着这个团队在京城创出了自己的小天地。

若干年后，石榴才从自己和别人身上看到了：北京不是一个地理上的标的，更像是一个心理上的城市。每个人心中的明天之城，也许他们认为只有到了这里，才会告别过去，未来才会一片光明，然而，事实却各有各的不同……

第二十一章　在线教育培训的冲击

洛飞有天带着管鹏来找石榴玩，俩人沿着胡同一路走过去，胡同里净是各省市小商小贩，方言不断，夹杂着讨价还价的吆喝声。

“洛飞，你就让女朋友住这种地方？”管鹏看这里的环境不禁吐槽洛飞。

“石榴跟她老板合租的，我每次来找她心里也不好受，这鬼地方，哎呀，我去……”洛飞被滋了一脸水。

“你哪家小孩，往人身上滋水！看我……”洛飞想吓唬吓唬眼前这调皮鬼。

“哇，爸爸，有人打我……”洛飞刚说了两句，小孩已经张开大嘴嚷嚷着哭出来。

这时不远处五金店铺传出一声怒喝。

“谁呀，找死呢，哎，你俩，给老子站住……”五金店老板探出身子指着他俩喊。

洛飞和管鹏相互瞄了一眼，撒腿就跑，俩人一路狂奔，拐过巷子口时，远处的声音才渐渐散去。

“这地方住的人素质可够低呀，你赶紧给石榴换个住处吧，这地方人杂，太乱了。”管鹏一边喘着粗气，一边叮嘱着洛飞。

“你以为我心里不着急？我申请提前毕业了。到时候租个房，让她搬过来。”

“你小子，我可告诉你，石榴爸可还没同意你俩的事呢？住一块？行吗？”

“小爷我有信心，他爸那是在考验我，我打算八年抗战扛到底了。”

“对了，进去别跟石榴提住处的事，我已经跟我们学校一个老师提了租她房子的事，房租也不贵，还得一个多月到期。”

“知道啦，一会出去吃，我请客，上班还没请你俩吃过饭呢。”管鹏上班已经有一年了。

“必须你请，你都公务员了，我还是穷学生，必须你出血！”

“你个洛匪，匪气不改。”

北漂生活是漫无边际的等待和奋斗，然而，在这里即便有一千个你想撤出的理由，但仅仅一条让你留下的理由，你都会奋不顾身、不计前嫌地深深爱上这地方。石榴最喜欢沿着长安街漫步前行，细细欣赏这一路或安静或喧闹或繁华的都市风景。秋天，京城染上了一片金黄，仿佛要把住在里面的人都灌醉了、晒黄了。沿途看着两边各个带“国”字头的国企、部委、机关，石榴每每有种君临天下的感觉，她知道这很滑稽。

“洛飞，我喜欢走在繁华的都市里，可我又讨厌这座城市的冷漠。”

“你呀，就是这一年多在北京活得太苦了，放心，有我在，未来会好的。”洛飞伸出手揽过石榴的肩膀。

“也没那么苦。我们隔壁那家科技公司里的田博士不也是没户口的打工仔吗，我一个中专生能在这里养活自己，还不至于流落街头，已经很幸运了。”石榴总喜欢把脖子靠在洛飞胳膊上，虽然远处看着俩人身高有那么点最萌身高差的样子。

“跟你说的下个月搬到我们学校附近的事，你考虑好了吗？我还得跟人家回话呢。”

“搬过去，那杨姐不就一个人住了吗？杨姐当时可是为了我才住到那儿的呀。”

“那儿房租便宜，是我一个老师的房子。要不这样，你让杨姐一块搬过来，你俩住，我忍痛割爱，这总行了吧。”

石榴突然停住脚步，回头瞪了洛飞一眼。

“说什么呢？忍痛割爱，我可没想过跟你……”石榴害羞没说下去，拳头已打在洛飞身上。

“小爷我可没说什么，看你，邪恶的眼神，哎，又打人……别打了，暴力女。”洛飞嬉皮笑脸闪躲着身体。

杨萍本就是迁就石榴才租了平房住，听石榴说了洛飞已在学校租了房的事情，当即就答应了，住在高校区，还能了解点培训的高校动态，对业务发展也有帮助。

当石榴面对租来的房间里四面粉刷的雪白的墙，装有冲水马桶和淋浴器的卫生间，平整而静谧的街道……石榴不可抑制地竟哭了，原来在经历了挫折后的幸福满足感竟是来得那么容易和简单。

进入漫长的冬天，所有的事情好像一下子都慢下来，公司签回的项目数明显比以前少了。

“真是搞不懂，这网络发展对培训是好事还是转折点。好多网络课程一开，把咱们潜在培训对象都抢跑了。”杨姐从外面一回来就愤愤不平地说着。

“杨姐，这次谈成新项目了吗？”小覃一边说一边给杨姐递了杯水。

“原本都谈得差不多了，最后人家问我有没有同类课程的网络视频，我一下傻了。”杨姐不由自主叹了口气。

“这个项目可是杜天锋给咱们的，谈不成倒没什么，以后再让人家给咱介绍就难了。”赵老师忧心忡忡道。

石榴刚从税务局办事回来，一进屋子感觉大家都闷闷不乐，空气中弥漫着紧张的气氛。

“怎么了？覃少？刚才出去前不是还好好的吗？”石榴压低了嗓音悄悄问小覃。

“杨姐没接着项目。”小覃往杨姐桌子那努了努嘴，杨姐一直在接打电话。

“再这样，我估计咱们大家得喝西北风了。等手里的培训项目忙完，估计青黄不接了。”覃少有点自怨自艾。

“你什么时候这么不自信了，别让杨姐听到。”石榴担心地往杨姐方向望了望。其实，石榴自己心里也在打鼓，她的情况比这里每一个人更特殊，她是抛掉铁饭碗来的，更是孤注一掷。

回到家，杨姐还是一副唉声叹气、茶饭不思的样子。

石榴走进厨房，帮着杨姐下了碗面条，端到她面前。

“姐，趁热吃，西红柿鸡蛋打卤面。”

“哎，吃不下，谢谢啊，石榴。”杨萍拿起筷子又放下，根本没胃口。

“我听说新项目的事了，姐，这网络课程我听洛飞说过，现在大学特别流行。大学生喜欢这种个性化课程设置，在国外也很流行。下午我也在网络上查了查。它是一种在线教育模式，占用网络资源，很多公司开了试听课。从国外传过来的，对传统的教育模式打击很大。”

“噢，石榴你查了……哎，这单纯的传统培训越来越难做了。”

“我简单看了看网上的介绍，试着跟一家比较大的在线教育培训机构发了邮件，看看他们有没有‘税务师免费课程’，我一会再看看邮件回复，如果有咱们说不定就可以签下这次的培训项目了。”

“哦，石榴，我急糊涂了，对呀，问问有没有免费课程可以用？

实在没有咱们付费也行，但是，石榴，咱家底你知道，最好是免费。要不然，咱们这次项目就白干了。”杨萍喜出望外，一下午的愁眉终于舒展了些。

“姐，要是着急我现在就去楼下网吧看看，有没有回复？”

“好好，好，我陪你去。石榴，如果能行，那你可解决大问题了。”

“姐，能给你帮上忙，给公司解决问题，我觉得自己挺有用的。”石榴很高兴自己能为公司排忧解难。

后来，石榴发的那封电邮真起了很大作用，他们顺利签下了那次的培训项目。然而，在开设的“税务师培训班”结束后大致半个月，有个女孩带着好几个小伙子来到公司，嚷嚷着让公司给他们退培训费。

“什么破培训，老子女朋友培训了半天也没拿上证，退钱！”打头嚷嚷的这个人块头十足，手里拿着单据挥舞着拳头，还不时拍打桌子说着狠话。

一群人一直嚷嚷了一下午，最后看到退钱无果后，他们嚷嚷着要去教育局反映告他们公司。石榴以前也没少遇到这种事，只是没想到这次的培训告状竟最终让他们公司走上了终结路。

人，就是这样，石榴后来脑海里回想起来的，都是那些关键时期所经历过的挫折，无数次的磨难也许就在孕育一次不可错过的机遇。

第二十二章　媒体曝光

这一伙人把这件事情捅给了媒体，紧接着虚假宣传、无办学资质、退费难……诸多事件接二连三被媒体曝光。

“赵老师，我们真像媒体说的没办学资质吗？”石榴看办公室没别人悄悄问返聘的赵老师。

这两天媒体总会来公司“捣乱”，赵老师虽“身经百战”，也实在被那几家乱写的媒体给吓怕了，扶了扶眼镜，往门口望了望，挥挥手示意石榴靠近点说话。

“我们开始是有办学资质的，可后来项目多杂事多，也就忘了去办每年一次的年检了。这不，前两天，杨总还说让去问问今年怎么续上，谁知道就出事了。”赵老师无可奈何地摇摇头。

石榴低头捋了捋披在肩上的长发，眉头紧皱，屋里暖气热，她脱下外面的毛衣，理了理套在里面的高领衫。说实话，杨姐这几天明显老了一截子，原本略胖的身材明显消瘦了些，晚上石榴半夜醒来上厕所看到杨姐房间还亮着灯，时不时传出几声叹息。杨姐向来性格开朗，总爱穿颜色亮丽的衣服，每天乐呵呵挂着笑容，这几天衣服也黯淡了，虽然人前还强撑着笑容，但明眼人一看就是在强装着。

“赵老师，既然我们以前年检过，那我们的师资和办学场地这些肯定经过教育部门的审查。我们让教育部门出个证明，正在办理年检不就行了吗？”

“哎哟，石榴，哪里有那么容易呀？你之前年检停了，再去办，公家单位的门就那么好进那么好办？杨萍肯定早想辙了，估计够呛。

还有……哎，你们这些人，哪儿的？你们拍什么？谁让你们进来的！别拍了！”正说着，又有一拨媒体扛着机器闯进来了。

外边闯进来两个扛着摄像机的，其中一个拿着话筒一边拍还一边对着话筒在介绍：

“观众朋友，我们来到了此次涉嫌‘无办学资质’的‘杨帆培训公司’进行采访，请看我们现场发回的最新报道。”

赵老师年龄明显大了，在争夺中，又急又气，渐渐有点体力不支。石榴一把夺过那个正在说话的“眼镜男”的话筒。

“你们这是无德报道，经过验证了吗？谁允许你们在这胡说八道的！你们这样报道对我们造成的损失，我们会追究法律责任！”石榴义正词严。

虽然对方并未搭理石榴这一套，毕竟话筒给夺了，“眼镜男”是不说话了，可摄像机还在录着。

“眼镜男”忽然转向摄像机后面，跟扛摄像机的“小胡子”嘀咕了两句，又对着镜头煞有介事地说：

“到底杨帆公司是不是‘无办学资质’或是‘退费难’，现在我们请该公司员工解答一下这方面的问题。”

赵老师刚坐在凳子上正捂着胸口大口喘着气，一听那些人这么说，噌又站起来。

“石榴，别，别理他们，他们肯定要乱……”

石榴明白赵老师要说啥，她还拿着话筒，忽然她想出一个招，大声喊：

“啊，赵老师，您怎么了，心脏怎么了？要不要叫救护车呀？”

赵老师一下子明白了石榴的意思，捂着胸口，慢慢滑着坐在凳子上，半闭着眼睛，“哎哟哎哟……”地不停哼着。

“你们看你们干的好事，赵老师您挺住，我这就打电话叫 120，您忍住，这可怎么办，还愣着干吗？打电话呀！”石榴一遍遍抚着赵老师的胸口，同时吓唬那两个人，让他们打急救电话。

“您脸色怎么这么白？这可怎么好？”石榴边说边用余光看着“眼镜男”和“小胡子”，俩人面面相觑，一看闯了祸，已经打算顺着墙根溜出去，“眼镜男”刚要出门口，发现话筒还在石榴旁边的桌子上，刚想过去拿，石榴抄起话筒，一把就想砸在“眼镜男”身上，停顿了一下，还是给他扔出了门口。

“你们别想跑，我已经知道你们是哪家媒体的，赵老师，赵老师，赵老师，您说话呀……”

石榴一边喊着一边冲到门口看，那两个人早就逃之夭夭了。

“你这个机灵鬼丫头，真是古灵精怪的，今天得亏你在，不然再这么折腾下去，我可真要犯心脏病了。”赵老师捂着胸口道。

石榴靠在门口，还在刚才那件事的惊吓中，她擦了擦额头滴下的汗珠，虽然躲过了初一，可是以后呢，怎么办呀？

第二十三章　初见杜天锋

媒体的报道，让公司很多已报名培训的学员听闻后纷纷跑来退款，到最后这个救命的项目只能打水漂。杨萍，从海淀图书城经营书店开始再到创办“杨帆培训机构”，多少年摸爬滚打，所取得的业绩眼看就要“付诸东流”。这位自打退休以后本可以安享晚年，却偏不信命，偶然的机会来到京城做起了生意。老家的老伴和儿子催了她好几次，让她别再干了，见好就收，可她丢不下这支起的摊子，好几张吃饭的嘴，实在不忍心，才坚持到现在。本来想再干一两年就撤出来，没想到……

眼看到花甲之年的杨萍，本来已经半白的头发最近白得更多了，脸上皱纹也多了，每天回到家里，浑身无力，胡乱把衣服扔在椅子上，斜靠在被褥上发呆。她常常坐立不安，看着窗外过往的汽车行人，再望望远处的楼宇，曾经在得意时，总觉得自己可以走得更远爬得更高，远处的风景更迷人。现在才知道：远处的风景可以更美，你看似爬得越高，原来跌得也可以更惨。

杜天锋的出手，无疑对杨萍解决这次燃眉之急起到了很大的帮助。他是杨萍好友的侄子，杨萍公司接到的单子多数都是来自他的帮助。杨萍有天打电话让石榴去个地方给她送公司材料，石榴按照杨萍电话上说的地址，到了金融街一座金碧辉煌的写字楼时，才发现这里是金融街具有标志性的一座建筑。通透的玻璃门，门口衣着整齐的门童，内饰装修讲究豪华，来往均是行色匆匆的商务人士。在工作日，大厦塔顶为白色的灯光，周末为清冷色调，而在重大节日，利用特殊的光源在顶部的玻璃屏幕上投射出流水涟漪的景象，使整个建筑呈现出一幅动感的画面。石榴初到这里，也不敢细细观看，战战兢兢询问了大厅的电梯位置。再三确认了门牌号后，怯生生敲了那间办公室的厚重棕色大门，里面传出一声低低的“请进”。

杨萍正坐在沙发上，一看石榴来了，赶紧起身介绍：

“石榴，来给你介绍，这是杜总，公司这次危机全靠杜总给咱们公司帮忙了。”

“杜总，这是我们公司的石榴，小石。”

杜天锋站起身，一身灰色西装，戴着副无框眼镜，笑意盈盈地主动伸出手。

“哦，小石，杨姐你那么客气，都是老乡，我们相互合作，互相扶持。”

石榴第一次进入金融街的商务大厦，第一次踏入这么漂亮时尚的办公室，第一次近距离与气质不凡的大老板交谈，一时间有点懵懵的，伸出手讪讪地用只有自己听到的声音说了声：

“杜总好。”

这一次的危机靠杜天锋算是化险为夷了，但杨萍在经历了这一次的挫折后再也没有了斗志。她做出了一个决定：将公司转让给杜天锋。条件只有一个，让杨帆培训机构的这几个全职的员工，都可以在杜天锋的公司谋个职位，有口饭吃。

返乡时，是石榴把杨姐送到了火车站，望着杨姐蹒跚的背影走进火车站时，石榴久久望着那里，半天也缓不过神来：生活就是这样，你曾经充满激情、斗志昂扬，却在经历挫折后才发现，人生其实是变幻莫测生性无常的一副面孔。它不会因为某人的善良勤勉或者某人的邪恶讨巧就可以判定事态最后的结局。也许，正应了《寒窑赋》里的那句：“人生在世，富贵不可尽用，贫贱不可自欺，听由天地循环，周而复始焉。”

第二十四章　洛飞就业碰壁

杨萍公司原有的三名年轻员工带着一种“刘姥姥进大观园”的景仰心情，来到了杜天锋位于京城东郊的汇天分公司。他们揣着惴惴的心情迈进设计现代、装修时尚高端的办公楼，走过忙碌而有序的前台，透过百叶窗看到宽敞会议室里正讨论方案的职员，大开间办公区一排排整齐、配备专业的办公桌，小覃、方伟和石榴三人心情是不可言喻的欣喜，比起原来他们的公司是气派和正规太多了。

他们被分在了不同部门，小覃去了后勤，方伟去了物流部门，而石榴分到了培训部，负责整理公司培训档案。每天从其他部门把培训材料取回来，然后按照要求归档，做好卷宗，整理目录，同时将档案扫描成电子文件，归入系统。在项目忙时，也会被抽到别的部门去跑外场培训，无非是搞活动时布置活动场地、运送资料、活动道具的收拾归纳……部门其他人都知道石榴的来历，平常有什么重活累活，全甩给她。

办公室里这般排挤新人，已不是职场新人的石榴都明白，她也不傻，完全看得出来，但石榴从一开始来到汇天就暗暗下决心：要把这里能学到的都学一遍，无论多难，都咬牙要坚持下来。心中有了目标，自然会不计较那么多。但日子久了，难免心里不舒服。她把这些唠叨给洛飞。

“老员工会把重活，不愿意做的事情都让新员工去做，什么去库里领设备、领器材、收其他部门的档案、太阳底下搞外场培训全塞给我去干，我要是铁人就好了。”连日下来，石榴累得腰酸背疼。

“我之前实习那家公司也这样，旁观者清，老员工欺负新员工似乎天经地义，美其名曰‘长江后浪推前浪’！”

“你怎么还用褒义词来夸这事，这就像小英说部队老兵欺负新兵一样。我哪天才熬出来呀，每天加班干都干不完，真希望赶紧媳妇熬成婆。”石榴捶捶自己的胳膊。

洛飞站起来，走到石榴身后，两手放在她的肩头，轻轻安抚揉捏着，虽然情侣之间难免有些亲昵的动作，但石榴还是不习惯，轻轻推开洛飞的手，娇嗔着。

“你手劲太大了，还是算了。”

洛飞没注意，给石榴倒了杯水，继续说：

“公司领导不会去主动关注这种事情，在他们眼里这是管理工作的一种平衡。这么做不但可以历练公司有用的新员工，更重要的是给足老员工面子。同时，要让老员工看到新员工在努力后的成长，形成威慑力和压力。”

“梁洛飞，听你说的一套套的，真的假的？你是说这是在考验新员工？”

“小爷虽然实践经验少，但理论绝对丰富。你不打游戏，我们玩游戏也讲究这个。对了，还有在管理者眼中，最重要的是平衡。”

石榴虽然觉得洛飞说的都是纸上谈兵，纯理论的，可细细体会，再通过平常的观察，确认部门领导真的不会去管这种事情。她又问了小覃和方伟，他们也是一样的待遇。

“我们寄人篱下，就得忍气吞声。”中午午休时三人聚在休息室，小覃撇撇嘴说道。

“我觉得自己像低人一等，人家喝咖啡闲聊，我不但不能闲一会，还要负责饮水机换水、打印机的换墨。”方伟提防着看看四周，“真不把新人放眼里，故意把新人当牛使唤。”

“看来咱们都一样，忍一忍吧，会有媳妇熬成婆那一天！”石榴安慰着他们俩。

梁洛飞最近一段时间到处投简历，一向意气风发的他在经历了多次碰壁后，有点心灰意冷。这一届的同学很少有申请提前毕业的，既要兼顾学业，又要找工作，对于洛飞来说，精力和体力真有点渐渐吃不消了。

设计室里洛飞正出神地盯着一张图纸发呆。

“洛飞，干吗呢？”夏琳身穿一件绿色小长裙，顶着一头卷发，嵌着两个酒窝，笑意盈盈进来。

“哦，夏琳，画图呢。”洛飞看看时间也不早了，收拾东西准备去人才市场再碰碰运气。

“听你们宿舍人说，你最近都在找工作，有能签的了吗？”

“还没，我们这拨申请提前毕业的人，算是赶上今年市场的供大于求，什么室内设计、园林设计、城市规划需求量虽然大，但应聘的人也不少。”

“夏琳，北京生源肯定好找吧，对了，我都忘了，夏老师说你好像有两家可以选，定了没？”

“一家事务所，另一家是建筑设计院，我还在考虑。”夏琳跟着洛飞一块出了门。

“哎，洛飞，你要不要也去建筑设计院？”

“我的简历夏老师已经帮我推荐了，到现在还没通知，估计够呛。”

洛飞一边说着一边看看表。

“我得赶紧走了，回头聊。”洛飞一路小跑着往校门方向走去。

夏琳独自愣在远处，她好像想到了什么，在洛飞身后留下了一个先是狡黠而后甜甜的笑容……

第二十五章　默许

2005年很多高校研究生进行了扩招，这样一来，用人单位的挑选余地大了，应届毕业生求职压力也就随之变得更大了。按理说，以梁洛飞的条件择业并不难：男，182的个头，北京高校，建筑学，硕士生……在同学中洛飞比别人要有优势得多。偏偏洛飞心高，从应聘开始，唯四部委、500强企业不投简历。

这天管鹏约了洛飞一起吃饭，俩人找了一家街边小店，坐下来边吃边聊。

“工作找得怎么样了？今年听说建筑专业择业有绝对优势。”管鹏对洛飞择业很有信心。

“现在的用人单位大部分都招有工作经验的，像我们这样的应届毕业生哪儿来的工作经验啊！”洛飞把没投出去的简历从包里取出扔在一边。

“看看，一堆废纸！你小子本科毕业可是捡了大便宜，你不知道招聘会只要是事业单位，光排队投简历就40分钟，还没加再聊几句的时间。动作慢点儿挤都挤不进去。”洛飞摇摇头。

“今年这么严峻啊，真庆幸自己早早上班了。”管鹏庆幸自己本科就择业的明智之选。

“简直就是没有硝烟的战争。”洛飞低头夹了一口菜。

“哥们，别灰心，待会简历给我，我想想办法。今年官方数据，只有3%的人能实现去党政机关的愿望，事业单位招聘大学生占20%、国有企业占24%、非国有企业占52%。”

“你个二鹏，能有啥办法？小爷我就不信京城没我梁洛飞容身之处！我得再细细分析一下。是继续死磕那几家大单位，还是找一个跟自己专业匹配的公司。”

“你别瞧不上我，实在不行你可以先买一个进京指标，北京户口先落了你再慢慢找呗。”管鹏放下筷子看看周围，“我听我一哥们说的，一般留京指标要三万。”管鹏拿纸擦了擦吃热的脸。

“不用，小爷还到不了那份上。不过，我估计得调整一下心态和作战策略。实在不行先就业后择业，到时候再跳槽，找合适的。”说着洛飞打了一个响指，似乎连日来的一筹莫展有了新的起点。

洛飞那天正在招聘会转悠，看中一家建筑咨询公司打算上前问问。当接到市里建筑设计院打来的面试通知电话时，他不禁看着手中正要投出的简历，万千感慨涌上心头。面对招聘会上参差不齐、实力悬殊的各公司、机构，洛飞一度怀疑自己读了四年本科、两年硕士最后的优势在哪里。从最初的充满希望、满怀欣喜到迷茫再到彻底失望，骄傲的梁洛飞此刻内心充满焦虑。他想赶快毕业，赶快工作，跟石榴一起奋斗，创造未来生活。在临毕业前他分明还是踌躇满志，以为他的简历会被众多机构一抢而空，甚至于妄想自己的“选择恐惧症”会不会很难抉择去哪一个单位上班。“机会总青睐于有准备的人”，看来不是光有准备就可以的呀……所以，当接到去面试的电话时，也许放到刚开始应聘那会，他还考虑考虑。而现在的他近乎是中奖般的兴奋，满口接连“谢谢，谢谢……”，这就是现实的残酷。他梁洛飞暂时还不具备投入“大众创业、万众创新”那样的激情和潇洒，也还不至于到了放弃最低期望值，签下“外地就业，年薪十万，分配住房”的协议。“北京户口”依旧是他目前千方百计、亟需的一个敲门砖，是他还有石榴今后共同生活的需要。

梁洛飞后来顺利通过了面试，跟他同时去设计院的同学还有系里的夏琳、郭晓宇和林沫儿。签了三方协议后，心也总算踏实下来。

这一年，有两个男人在那个夏天毕业、就业。小英也因为成绩优秀留在了当地的军校，当了一名带新兵蛋子的辅导员。

三个人在国庆节，上班后的第一个长假期约好回了趟安城。洛飞依旧怀着迎难而上的决心却依然还是胆战心惊的模样，拎着一堆吃的喝的来到了石榴家。这一次上门他可是工作的人了，从着装到礼物，掂量了大半天。没有了管鹏的掩护，他实在心里没底，担心这次会不会被石安顺直接推出门去。

石榴和小英带着洛飞走进大门，三个人站在那里注意到桌子上已经做了一桌子的菜，你看看我，我看看你，不明白这阵势要干吗。石榴推了推小英，小英故意高声对着里屋喊了一声：

“爸，妈，洛飞哥来了。”

半晌，石安顺走出来，指指凳子。

“都坐吧。”

石榴看看还愣着的梁洛飞，赶紧拉了一下他的衣角，悄悄说了声：“别愣着，我爸让你坐下呢。”

只见石安顺拿起桌上一瓶白酒，往桌上的两个空酒杯子里都斟满了，然后拿起一杯，另一杯放到洛飞跟前。紧张中的洛飞噌一下子站了起来。

“过去的，就过去吧。往后好好对石榴，这孩子心眼实在。”

石榴这才明白了父亲的用意，她低下头，泪水已冲出眼眶，吧嗒吧嗒滴落下来。

苏红从厨房里刚忙完，看见这个情景，也不禁抹了抹眼泪，梁洛飞也明白了石榴爸今天这顿饭的含义，赶紧弓下身体，恭恭敬敬端起杯中酒：

“爸，不，叔叔，您放一百个心，我一定对石榴好。”

“别用嘴说！是男人就得用在行动上。”说完这个钢铁般的父亲将酒一饮而尽。

“嗯，看我行动！”洛飞激动的有点语无伦次，头一次，他在石榴家在没洗带鱼的情况下竟然能坐下来说话了。石安顺含蓄地同意他和石榴交往了，两个男人间就这样用一杯酒来完成了多年的抗衡和坚持。

“爸，您别偏心姐夫呀，我也来一杯。”小英在一边起哄。

“你不许喝！”苏红和石榴几乎同时制止了石英拿起酒杯的动作。

转瞬，大家都笑了，石家在这一刻经历着多年不曾有过的开心和舒展。

第二十六章　迎新晚会

洛飞单位给他们分了宿舍，是南城一栋四层筒子楼。他跟郭晓宇住一间，晓宇女朋友林沫儿住女生宿舍，夏琳住自己家。在建筑设计院头一年是实习，除了学习也没具体的事情，基本是跟着师傅学习流程、制图和建模软件。建筑设计包括正、立、剖面、水电、供暖等方面的设计，在学校学的那点东西到了单位发现根本不够用，除了建筑方面，还得补上房屋构造、建筑材料、施工等方面的知识。而且洛飞发现，在学校的建筑方案多是个人喜好为主，现实中都要根据甲方的要求反复修改、完善，直到甲方满意，还不包括要符合各类国家标准、行业准则和规范。在设计院赶工，半夜两点刚赶完图，早上七点就被电话催回来接着改，他们几个也是见过的。洛飞和郭晓宇渐渐被安排了一些实体结构图来练手，俩人跟着院里的老工程师学了不少，实践中发现从美观到整体平面设计再到施工，建筑必须做到一丝不苟。

上班挤公交是洛飞他们每日“严阵以待”的必修课。每天早上，洛飞搭乘密不透风的公交车去上班，感觉自己就像沙丁鱼一样，挤在一个小小的罐子里。能够站在公交车上有一席之地就像一种奢望。挤不上这班车更惨，下一班车就意味着要迟到。每天洛飞冲在前面，郭晓宇会像扛面袋子一样帮林沫儿挤上去，再将自己的身体“险”靠在门边上，站台上的大爷大妈会推他一把，将将把门关上，郭晓宇就这样挂着，直到下一站。几乎天天如此，从不例外。

中秋节前，院里为欢迎洛飞他们这些新职工，在全院特别办了一个迎新晚会。晚会请了院里有才艺的职工为大家表演一些唱歌、跳舞、魔术等节目。夏琳在学校里就是文艺骨干，唱歌好，还会拉小提琴，多才多艺，自然少不了露一手。迎新晚会设在院里的小礼堂，吹拉弹唱，样样有，还算热闹。这天，石榴正好刚完成一次外场培训调休了一天，洛飞硬把石榴拉来坐在台下，看他们表演。洛飞跟郭晓宇几位男生一起演唱了一首《真心英雄》。当天，郭晓宇为了烘托气氛，主动让林沫儿为每个人画上浓妆。当这几个男生出现在大家面前时，还未开口唱，台下几百名观众已是乐成一片，礼堂里哄笑一片。石榴坐在礼堂最后一排，努力分辨着梁洛飞在哪，捂着嘴从头笑到尾，反正旁边也没认识的人，索性她也就放开了笑出声来。

节目表演完后，洛飞这一批大学毕业生总共30多个人，全部被请上台逐个做自我介绍，也顺带谈谈这段工作感受。轮到郭晓宇时，爱出风头的郭晓宇热情洋溢地发表了一番自己的“就职宣言”，感谢了好一通建筑设计院给他的恩情：接收了他和林沫儿，为他们解决了户口，并给他们设计了未来的职业生涯。急得洛飞在旁边直瞪他。

“臭小子，词都让你说尽了，给小爷留点儿‘官方感言’呀。”在台上洛飞使劲拽了拽郭晓宇。

估计是被郭晓宇的热情感染了，院里主管人事的书记接过话筒，做了一番差点没把台上梁洛飞囧得钻进地缝的发言：

“我们院在这一年招聘应届大学生时专门调整了思路，在原有人才发展策略上，特别关注了选择人才稳定性这个特点。这次招聘的高学历人才就有几对恋人一起应聘到我院，这样做是为了保证人才在工作中可以专心投入，促进我院建筑业务更强发展。比如说这一届的郭晓宇和林沫儿；还有……哦，梁…梁洛飞，对，梁洛飞和夏琳，这是我们今年招聘工作的一项特色。”

台下，石榴听闻到此，脸色早已变得铁青。

“这怎么回事，夏琳，就是上回医院碰到的夏琳！”石榴把目光投向夏琳，她此刻正站在台上洛飞身旁，“男才女貌呀。”旁边不知谁嘀咕了一句。“还真挺配！”听到这些，石榴一刻也不想待下去了，台上夏琳一直低着头，她也看不到夏琳的表情。

“我叫梁洛飞，在介绍自己之前，我必须说明一下，抱歉书记，夏琳不是我女朋友，我女朋友今天也来了，她正坐在台下，真的抱歉，这关系到我今晚怎么过的问题……”

台下观众早已被洛飞的话逗得哄堂大笑，看到洛飞这么说，夏琳也早已囧得不行，赶紧夺过话筒重又解释了一下。他们不知道，在全场哄堂大笑时，唯独那位书记脸上一阵白一阵紫的，恋情算是澄清了，书记的脸却阴沉下来。

而石榴，从最初听到的愕然再到脸红，到最后深深感谢洛飞在众人面前对她的保护和照顾。先前那点嫉妒也好愤怒也好暂时全部烟消云散了。只是，从那时起，她知道原来洛飞和夏琳在同一个单位上班，不免心里总是挺别扭的。

第二十七章 就业真相

话说那天晚会上，洛飞和夏琳被书记一通乱点鸳鸯谱也算出名了，当时台上的夏琳脸一阵红一阵紫。好不容易捱到发言结束，她想赶紧从众人眼前消失。结果，一下台就被郭晓宇喊住，说是书记让她去趟办公室。

“夏琳，院里今年招收计划里你们学校只定了你、郭晓宇和林沫儿，没有梁洛飞，这你是知道的？”

“书记，我知道，这我爸爸告诉过我。我……”

“夏教授后来亲自送来梁洛飞简历，说这个人如何如何优秀，请我们接收他，但我们考虑到计划名额有限，没留下他。这，你也知道？”

夏琳脸上还带着妆，在书记连环提问下直冒汗，手在脸上抹了一下，眼睛边上的眼影已经晕开了。

“书记，还是让我自己承认吧。当时林沫儿告诉我她跟郭晓宇因为是男女朋友才被院里一起招聘进来。所以我就，我就大着胆子跑来找到您，说梁洛飞是我男朋友，后来院里……哦，是您，您才决定招他的。”夏琳从进门就一直站着，也不敢抬头看书记。

半天没声音，夏琳偷偷抬头瞄了一眼丁书记，不知道接下来他要怎么“处分”她。

丁书记手里拿着一支铅笔来回转着，盯着桌面好像在思索什么，一面抬头看看眼前的夏琳，半晌说了一句话：

“现在的大学生胆子够大呀，还没出校门，就敢欺骗领导，以后不好管理呀。”

“丁书记，都是我的错，我欺骗了组织，欺骗了院里，欺骗了您。

我错了，梁洛飞他们家外地的，留京指标对他很重要，请书记大人不计小人过，别跟我一般计较。”

“你们……你们，让我怎么批评你们，我在全院面前宣布时，他梁洛飞竟……夏琳，我要不是看在夏教授的面子上，我……”

“谢谢您看在我爸爸面子上，不跟我们计较。我以后一定好好工作，好好表现来给院里争光，我还……”正在夏琳一气悔过时，书记电话响了。

“哦，马总啊，您的图纸，明天，明天您亲自过来看？”

书记低着头接打电话，摆摆手，示意夏琳赶紧出去。当夏琳蹑手蹑脚走出来带上门后，夏琳拍拍胸脯，定了定神，吐了吐舌头。回想起刚才台上那一幕，心中不免怅然若失：

“讨厌的梁洛飞，你就不能别戳破书记的话呀，我有那么差吗？什么石榴、柿子的，我为了你连这种谎都撒了，你就不能在大家面前给我留点面子嘛！亏我这么对你，臭梁洛飞，死梁洛飞……”夏琳边想边跺脚。

流水有意，落花无情，只可惜洛飞根本没把刚才那事搁心上，正拉着石榴的手，走在深秋的长安街上。深秋已有了阵阵寒意，来往的车辆疾驰而过，落叶飘零，秋风习习中俩人慢步溜达着。

“大小姐，小爷为了你豁出去了，连书记都得罪了。”他看看石榴接着说：

“咋还不高兴？还在醋缸里泡着呢？”洛飞故意夸张地把脸凑到石榴面前。

石榴继续往前走了几步，停下来，顿了顿，望着洛飞：

“你说你到底喜欢我啥呀，值得吗？夏琳爸爸可是名牌大学教授，我看你们才更般配。”石榴很认真地问洛飞。

“胡说什么呢？我就说你不够敞亮，小爷做人光明磊落，喜欢就喜欢，不喜欢就不喜欢，哪那么多条条框框的？”

看石榴撇着嘴，洛飞掰过石榴的脸，让她正视自己：

“两个人在一起恋爱，就像跨栏长跑，我们在一起跨过金钱观、事业观、消费观、家庭观、待人接物的分寸尺度，两情相悦，这与门第及其他，没有关系。”

洛飞见石榴终于傻傻点了点头，笑了。“饿不饿？走，我们这附近有个馄饨店特别棒，这点儿应该还开着，吃了我送你坐车回去。”

“太晚了，不去了，怕赶不上回去的车。”石榴看了看表，担心赶不上晚班车。

回去的路上，石榴脑子里总出现夏琳在台上拉小提琴的优雅模样，这样的女生才是男生心目中理想的女朋友吧，难道洛飞就没有对夏琳动过心吗？她看看玻璃中反射的自己，马尾随意地搭在肩上，五官分开看并没有多出众，组合在一起也只能是还算标志，穿着蓝色毛衣搭配一条牛仔裤，怎么看怎么土；于是又浮现出夏琳白净的皮肤，卷卷的头发，苗条的身材，唱起歌来如银铃般悦耳……怎么看都是天壤之别的两种人。

“两个人还每天在一个单位上班，我跟洛飞只能周末见一面。”石榴心里还是留有醋劲儿。

石榴越想越心烦，晚上睡在床上翻来覆去想着，怎么都觉得那个叫夏琳的看梁洛飞的眼神不对，“肯定喜欢洛飞。”石榴被子一撩又坐起来，不一会儿又躺下来，蒙住被子翻来覆去睡不着，最后一直折腾到半夜才勉强睡着了……

第二天上班，向来如打了鸡血般卖力的石榴蔫头耷脑的。中午休息时接到了家里的电话。原来石安顺感觉自己小商店的事情越来越力不从心，跟苏红商量好了决定把店面长租给小关，每月收租金。这样收入虽然少点但还有点保障，就当石安顺的养老金了。父母觉得石榴跟小英可以自食其力了，他们也要休息休息了。石榴不禁觉得自己儿女情长有点太过矫情了，父母仍在远方辛劳，自己还在这里莫名其妙胡思乱想、顾影自怜。她眼前浮现出父亲那佝偻的背和母亲常年劳累花白的头发，一阵心疼，暗暗下决心：一定让爸妈过好日子，将来有钱了把父母接到身边，照顾他们。

也许在二线城市，这并不是一件难事，但是在北上广这样的大城市，谈何容易，石榴跟洛飞将来的住处还没着落呢。

第二十八章　第一个大项目

工作逐渐走上轨道，洛飞在经历了一段时间的画图建模实习后，开始被安排进入施工现场。出差时经常吃住在工地，十天半个月出差在外地都是常事。石榴在公司依旧需要整理档案、跑外场培训、展会现场筹备、发布会的现场搭建等。而发布会搭建这种事情经常要 24 小时开机，一万个小心盯着，生怕出什么差错。不知道是不是洛飞的出差，无意中倒让石榴平添了很多安心看书学习的时间。她翻看了很多关于业务实务和案例操作的书。勤快的石榴在公司上班也是最不惜力的那一个，从不挑拣工作内容和场地。机会总青睐于有准备的人，石榴终于熬上了正式项目，这对于她来说绝对是独自历练一个完整项目的最佳实践机会。

因为这是石榴进入汇天公司后，真正意义上的第一个大项目，也是一个最简单的公司新培训项目的发布会。临近发布会倒计时那几天，她整个弦都是绷着的，每天忙到深夜两三点，手机随时待命。别看就那一个多小时的上台时间，需要提前甄选场地、租赁场地、搭建现场、流程设计、道具、人员安排、表演安排、主持人台本、灯光、音响、摄像、入住、新闻稿件甚至是盒饭、停车证等，事无巨细。这还不够，一场看似简单的新闻发布会，仅仅落在电脑上的各种文本就有数万字之多，更别提前期各方面的沟通与修改，确切说，只要客户方面有一点点修改，便是牵一发而动全身，需要工作人员做出最及时的各方面协调，而前期哪怕是最不起眼的一根数据线在现场没有到位，也足以使整场精心策划好的会议砸锅。石榴觉得做会展，需要有惊人的统筹力、规划力、沟通斡旋能力，需要对临时出现的状况快速反应，为人要软硬适中，进退得当。当然，最重要的是要有过硬的身体和充沛的精力。

那些日子对于石榴来说，是没日没夜地筹划、沟通和落实，简直到了疲惫状态的边缘。恰巧赶上洛飞出差回来，他们本可以去逛逛公园、看场电影、吃吃饭什么的，看这情景石榴左右为难了。

“后天院里又让我去外地出差，这次得等到工程验收完才让回来。来回将近一个月，一个月呀，小爷要走一个月，咱俩得抽一天时间歇歇，我带你去玩一天。”

“可我明天约好了主持人试着走台，洛飞，我……”

“那就是改不了，是吧。没事，我去找你，你干你的，我在一边陪着，这样总行吧？”

“这样……”

“不会这也不准吧，我保证不打扰你。”

“我没说不行，我只是觉得，觉得你能过来陪着我，挺高兴的。”

“明天天气冷，多穿点，别冻成冰棍。对了，中午带你去吃必胜客，就在你会场边上，刚发了工资。”

石榴总能在洛飞嘘寒问暖的关心中得到力量。其实，她有时也不懂自己，到底在自己心中是爱情重要，还是自己的事业更重要呢？她会不自觉地想，如果是别的姑娘，肯定会毫不犹豫放假一天或是编个理由翘班，专注地陪着久别重逢的男朋友。而她却不能允许自己放下这点工作，也许不是不能，而是她根本不想。

第二十九章　吃醋了

冬天的北京一如既往地寒冷，石榴记得那天她快冷到了冰点。

周末一大早石榴就来到会场，想着赶紧按照会议日程走一遍，这样下午能腾出工夫跟洛飞多待会。周末一大早，又赶上个刮寒风的天气，地铁上人稀稀疏疏的，全然没有了平日里的“拥挤不堪”。梁洛飞裹着厚厚的羽绒服从城市紧西头来到商业气息浓重的东城。

不知是不是有半个月没见石榴的缘故，洛飞望着淡蓝色舞台灯光照射中身着黑色职业装，愈显干练的女友，竟看呆了，一袭长发随意搭在肩上，浑身无不散发着逼人的青春气息。石榴正跟音响师商量着声音的调配，看到洛飞来了，赶紧跑过去。

“冷吧？还让你今天陪着我加班，你等会儿，我一定速度加快，早点结束，陪你去美术馆，你不是一直想去吗？”石榴生怕洛飞坐那儿无聊，塞给他一本小说。

“不用着急，你先忙，我就坐这儿等着你。”说着洛飞爱抚地揉了揉石榴的脑袋。石榴赶紧回头看台上同事，同事们都假装没看见，低下头偷笑。石榴不好意思地冲洛飞笑了笑，赶紧跑回到台上，继续商量音响、灯光的协调。

快到中午时，洛飞担心必胜客人多，先去占座，叮嘱石榴早点过去。石榴打算跟酒店经理再敲定一下当天去车站和机场接人的事情，酒店经理只有中午空闲，下午还安排了别的事情。不想酒店经理一直在忙，石榴左等右等都没来，急得她一直看表。

“石榴，前面还有一桌就到咱们了，这大冷天吃这洋玩意的还真多。冻死了，快点过来。你过来我再点吃的噢。”

“嗯，我还等那个陈经理呢，说是有事，我再催一下，他一来我们就简单说几句，你再等一小会儿哦，洛飞。”

又过了十几分钟，石榴已经去前台催他们去喊陈经理好几次了，打电话也不接。

“你们陈经理跟我约的时间都过了将近一个钟头了，我待会还有事，麻烦再帮我催一下，要不改下午？”

“对不起，石小姐，陈经理下午已经预约了别的公司，所以……”

“你们有没有时间观念……”

洛飞电话又打过来了，石榴耐心已到了顶点，

“喂，你到了吗？我终于到号了，刚进店里，阿嚏……待会记得把围巾围上。“

“我不等那人了，不守信用，我这就过去。”

石榴刚拿上包要出酒店大门时，听见身后有人叫她，一看陈经理正满脸赔笑地往这边跑过来。

“对不起，实在抱歉，上一个客户临时改方案，哎，耽误您时间了。真是实在抱歉，这样吧为了表示歉意，中午我请你吃饭。”

“吃饭就没必要了，我这也还有事，你不能一直晾着我呀。”

“做我们这行的都不容易，互相理解理解，来，咱俩就坐大堂，几句话的事情，小王，给石小姐端杯咖啡过来。”

“好，那咱言归正传，关于那天接飞机的事情，你们酒店日程表里的……”

这期间，石榴的电话已经响过了三四遍，石榴一心想赶紧把细节修改的地方，跟对方敲定下来，速战速决。于是干脆把手机按到“静音”，拿出工作日志，按照条款一边修改一边记录。等到好不容易过完一遍，

敲定了所有的细节，这才想起还没回洛飞的电话。

一看竟十几个未接电话，心里想着这下完蛋了，洛飞肯定急了。

她刚要拎起包往外走，看见洛飞正沿着酒店转门走进来……

洛飞手里拿着打包了饭的塑料袋，耷拉着脸站在那儿盯着石榴，不作声。

“对不起，洛飞，我错了。”石榴上前抓住洛飞的胳膊。

洛飞径直朝会场走过去，把打包袋子往桌子上一扔。

“赶紧吃，还热着，我先走了。”一脸黑线。

石榴哪有心思吃，跟在洛飞身后一路小跑，偶尔有石榴公司同事迎面走过来打招呼，石榴赶紧佯装打个招呼，又小步紧跑跟上洛飞，

“我不也是着急想赶快把事情处理完嘛。”她拽一拽洛飞的厚衣服，一个劲儿道歉。

“那也不差接我一个电话呀，在你心里我的电话都不及你的工作？”洛飞在气头上。

“我没有，我不是那个意思，我就是想快点结束工作去找你吃饭……”石榴不停解释。

石榴追着洛飞一路到了酒店门外，当温暖的身体突然遭遇外面的冰天雪地，才意识到那钻心的寒冷。一阵大风吹过来，差点没把石榴吹得背过气，连说话喘气都费劲，石榴艰难抬着脚步往前追，还是被洛飞远远甩在了后面。洛飞刚走出几步，大概是听到身后石榴被风吹得喘气都艰难的声音，又心软了。

大腿快速迈了几步，走回到石榴旁边，把石榴身后帽子使劲重重扣在她脑袋上。

“笨呀，帽子也不戴！”嘴上那么说，脸上还是怒气不减。

石榴往上推了推帽子，露出一双眼睛，可怜巴巴地看着洛飞，“洛飞，我真不是故意不接你电话，我只是太想……”洛飞没憋住又笑起来，一手拥过她，大步走回酒店大门，刚进了酒店，石榴不禁打了个冷战，洛飞在石榴脑门上重重一指：“工作狂，有下次，我定不轻饶。”

石榴也顾不上擦冻得快要流下来的鼻涕，傻呵呵地笑着。

“傻笑什么，赶紧回去吃饭，我也没吃呢，给你买了你最爱吃的那个厚披萨。鼻涕虫，赶紧擦擦。”

"你才是呢，你从小就是鼻涕虫，你……"

不知道是不是周末大家都不在状态，还是寒冷麻痹了这些工作人员，大家都无精打采的，工作进度一再耽误，出了好多意外状况：原定要到的道具没来，原定要穿插节目的策划方案还没修改好，请的嘉宾也没敲定到底能不能到场，日程表还不能出最后彩排版的……

石榴强忍着心中的焦急，极力与每一个人继续耐心细致沟通、协调着。偶尔看看台下的洛飞，看他斜靠在后椅背上，正低着头打盹。连日的出差，画图、施工、设计改进，刚回来又得出差，他一直缺觉。

石榴再看看台上无精打采的那些人，心情突然急躁起来，不自觉地说话声音大起来。

“今天就这么多事情，早干早回家，大家都是周末在加班，自己掂量。”

周围同事有不服气撇嘴的，有顿时不敢再聊天的，也有的面无表情，似乎就是干耗着不想做事情。

“你说大周末的，谁不着急啊，大家都别起急啊，我们都按照石榴说的，配合她，早完事早收工。来，来，打起精神来。”

说这话的是石榴同部门的大个子王琦，石榴冲王琦感激地点了点头。终于，下午大家进度还可以，尽管这样，收工还是到了夜幕降临后。会场人员陆陆续续都撤退了，石榴疲惫地耸了耸肩，看着盖着羽绒服睡得正酣的洛飞，过去轻轻推醒了他。

随便找了个快餐店对付了晚饭，时间已经不早了。石榴挽着洛飞的胳膊，走在地铁的月台。也许是明天洛飞一走又要一个月见不着的缘故，她不由得抓紧了洛飞的胳膊，洛飞心疼地看着身旁依偎着的石榴。

“明天我去送你吧，上午我可以休半天。”石榴不仅仅是对洛飞的依恋，也有对洛飞的愧疚。

“太冷了，不用，大老远跑来跑去的。”

石榴没吭气，脸上写满了心事，洛飞看在眼里，停下脚步，两手抓住石榴胳膊，眼神很坚定地说：

“石榴，现在的辛苦和暂时分离都是为了将来，咬一咬牙就挺过去了。”

洛飞像是在告诉石榴，也像是在跟自己说。

石榴回头看着洛飞，她相信他，他说的她都信，她一直都信。

第二天，石榴还是请了半天假，上午赶到了宿舍送洛飞。她估摸着洛飞出发的时间点，想给他一个惊喜。当石榴刚爬到洛飞宿舍的楼层打算往里拐时，远远就听到了一个女生的声音。

“洛飞，陈工给的设计图你都带了吗？别去了再像上次那样找不着，还得快递。”

这声音石榴似曾听到过。她斜靠在墙上，感觉自己倒像个小偷一样不敢让说话的人看见自己。侧脸看见夏琳正好走出洛飞宿舍，洛飞一手拉上宿舍门，提着俩人的行李跟在后面。

一刹那，空气凝结了，人也僵住了，石榴忘了，更像是判断不出自己在什么地方。

“都带上了，放一百个心，我都放包里了，你叮嘱了不下十遍。”洛飞拎着行李箱，憨憨地笑了笑。

“哪有那么夸张，我是怕咱们到了那地方着急用嘛。”夏琳的声音听起来像是在撒娇。

她看见洛飞和夏琳有说有笑地朝走廊那头走过去，而她，就站在走廊这一头。她不知道自己该不该叫住洛飞，那么近却又那么远。清晨，一缕阳光正好投射过来，打在说笑的两人身上，从后面看，穿紫色外套洋气十足的夏琳和阳光帅气活力的洛飞好似登对的一对恋人，渐渐消失在楼层拐角处，而自己正站在一片阴暗背光中，显得那么多余、渺小……

不知过了多久，石榴无力地抬起脚想赶紧离开这栋筒子楼，她边走边想：夏琳为什么会出现在这里，脑子里回响着夏琳说的：“我就怕咱们到了那地方着急用嘛。”

“他们是一起去出差吗？一个月俩人都待一起吗？”她想啊想连对面上楼的人撞了她也没啥感觉。

“那不是洛飞的女朋友吗？洛飞刚下楼，不是没碰到吧？”林沫儿跟郭晓宇忘了拿东西正好回来取。

周一上午，公交站挤满了人，石榴排在队尾慢慢朝前挪着。她有一上午的时间可以用来浪费，冷风吹在脸上，正好帮她降一降燥热。包里手机恰好响了，她取出看了一下，又放了回去。手机响过一阵就又开始一轮响着，引得周围人都看她，石榴赶紧接通了电话。

“石榴，你是不是在我宿舍？晓宇说看见你了。”

“我已经走了，你忙你的吧。”石榴觉得委屈，想挂电话。

“我，我……已经到宿舍楼下了，我跑回来的，你在哪？”石榴能听见他呼呼喘着气。

“别误了火车，我已经坐车往回走了，别管我了。”

“中午的车，不着急，快说你在哪？”

俩人在车站旁边的肯德基汇合了，石榴满脑子想着洛飞跟夏琳说笑的样子，看见洛飞冲自己乐呵，气得快炸了。

“你笑什么，我很好笑是不是？”

“就喜欢看你傻乎乎的样子。”说着就过去摸石榴的头，被石榴闪开了。

“我是傻，大清早赶过来，却看见人家双宿双飞。”

“宿个头呀，人家夏琳特意来提醒我的，她早上怕我忘带图纸，专门过来叫我带上图……噢，吃醋了？”

“我才没那闲工夫呢，我还得回去忙我的，我先回去了。”

“瞅瞅，犟脾气上来了吧。”洛飞把站起来的石榴重新按到了凳子上。

“我本来就犟，哪有那个夏琳善解人意，能歌善舞，你们不是要一起出差吗？”

“都跟你解释了，你怎么就不信我呢。昨天我等你一天都没脾气，石榴，你改改你这小性子好不好，非得在我出差前生气……”

石榴满是委屈，她特地昨晚通宵赶完策划案的修改，才能一早上坐车赶过来送洛飞，石榴不想解释，站起来就往店外走。

洛飞先是满脸不高兴坐在那儿，刚站起来要追上去，电话响了。一看是院里陈工的电话，三言两语通完电话，再追上去时，石榴早不见了人影。

爱情这个东西，无非就是遇到你，等你，陪你，始终不曾转身离开。简单的结果，却有时要历经化茧成蝶般的过往，唉……

第三十章　家里被“洗劫”

石榴坐在回去的公交车上，眼泪止不住往下流，她任由包里的手机不停震动着，直到终于安静了。紧接着听到“滴滴”一条短信：我要去赶火车，别闹了，你这样我不知道该怎么办，别生气了，回去路上注意安全。

石榴默默看着洛飞的短信，也许此刻沉默是她最大的哭声吧。石榴擦擦眼泪，望着窗外，在这个钢筋水泥城市里，她头一次感觉天气阴沉得厉害，路上汽车、自行车、行人交错在一起，乱糟糟的，灰蒙蒙的天气笼罩在城市高楼大厦间，丝毫没有一点绿意，竟让人觉得心里压得沉沉的，坐车一直到了终点站，直到人都下车了，石榴才意识到自己早已过站。站在四惠终点站，一脸茫然的石榴看看满场孤零零的公交车，也不知道自己下一趟该倒哪趟车。身边不时有路人经过，或赶往一趟车，或消失在车站出口处，只有她一个人孤单单就那么站着，她也不知道自己该干什么，包里的手机静静躺在那里，没有了任何响声。这更让石榴觉得自己很孤单，很无措……

车站调度朝她走过来。

“姑娘，你去哪？是不是找不着地儿了？”

石榴看着面前好心的大爷，似乎听不懂他在说什么，只是眼泪默默流下了脸颊，大爷还在问她，她干脆半蹲下来低着头哭起来，好像自己像个被丢弃，找不着家的孩子，任凭身边围观的路人越来越多……

发布会办得很成功，石榴在发布会开始前两天就只睡了两三个小时，吃住都在那家酒店凑合，一直熬到发布会那天凌晨，才回房间换掉了那身已经有味了的衣服，直接洗洗换了身干净衣裳又直奔会场。那天公司高层来了不少人，杜天锋也出席了。在庆功会上，杜总特别感谢了培训部门全体人员的努力，虽然没直接提这次项目负责人的名字。尽管如此，石榴还是觉得自己终于完成了一件大事，“不求无功，只求无过吧”，在大家庆功会后又继续转战KTV时，她找了理由溜掉了。

连日来备战发布会的她好几天没回去住了，在打开门的一刹那，她差点大喊“救命”。家里像被洗劫一样，一地狼藉，衣服、用品、被褥扔得满地，石榴本能的拿起门后的一根笤帚，屏气凝神，战战兢兢往里屋走去，她挨个看了两个房间，自己住的那间倒是整整齐齐，好像没有人进去过，而旁边那间虚掩着门，满屋的乱糟糟，连家具都倒了，那是跟自己合租的另一个女孩杨妍的房间。一时间，连日的疲惫被吓得也没了踪影，石榴满脑子疑惑，这是被偷了吗？为什么自己的房间没事呢？她又确认了一遍房间里没别人，石榴赶紧打了杨妍电话，一直没人接听。石榴又怕又急，慌乱间她不自觉翻出了洛飞的号码，当拨通的一瞬间她又赶紧挂断了。好多习惯还真是一时改不掉，她不知道该怎么办，左思右想还是报了警。

后来，警察来了，杨妍也联系上了，才发现是一场“乌龙”。原来杨妍与相恋多年的男友提出分手，男友不同意，还砸了杨妍所有的东西，估计杨妍被吓坏了吧，分手也不敢再提，陪着男朋友出去吃饭，这空档石榴正好回来了。

望着杨妍哆哆嗦嗦收拾地上东西的背影，石榴明明听到她在小声哭着，却不敢也不知道该怎样上前安慰，只是默默帮她收拾地上的残局。半晌，杨妍屋里突然传出一声碎击声，石榴赶紧跑过去，原来杨妍摔碎了一个钟表，只见她泪流满面，哭着说：

“我原来一直想面包我可以自己挣，他只要给我爱情就好！谁知道爱情离面包并不远呀！”吓坏了的杨妍终于发泄出来。

“妍儿，我不知道你们之间发生了什么，不过你们这么多年的感情，等冷静下来好好说。”

“爱情这件事，不是倾尽所有，就会有好结局，你不懂，石榴，你和洛飞跟我们不一样，你不知道，我压力特别大！我，我……”

石榴看杨妍不想说，也没追问，俩人就蹲在那一直捡着地上的碎片，杨妍没有再哭泣，一晚上都没再吭声……

那晚，洛飞一直在给石榴打电话、发短信，石榴后来回了条短信：“刚才误拨了，没事，勿念。”

也许，石榴觉得杨妍那句话说对了一半，“爱情这件事，不是倾尽所有，就会有好结局”，后面还应该有一句：“工作不一样，只要你肯付出努力，它指定不会辜负你！”

第三十一章 浴缸里一片红

王晓文回来了。

当石榴接到她的电话时，着实吃了一惊。

“她不是该在美国过着富庶的生活嘛，为什么突然没任何征兆就跑回来了？”石榴心里嘀咕着，担心晓文是不是出了什么事儿。

晓文告诉石榴她这趟不打算再走了，约石榴周末出来聚一聚。

也许是为了排解心中的烦闷，石榴连日来以工作充实自己。加上洛飞提着夏琳的行李箱俩人并肩而立的样子总在脑海里出现，石榴一直没接洛飞的电话。洛飞就这样每天如单向例行作业一样，早晚各打一次无人接听的电话。其实，石榴每天都在等那个电话，每一回差一点就按下那个“接听”键，她硬是捂着自己的耳朵强忍下来。

办公室里坐在她身后的王琦，走过来打趣石榴：

“电话跟你有仇吗？我可看见你几次了，电话一响就捂耳朵，你别是患上了电话恐惧症，像日本电影《鬼来电》里演的那样，铃……啊……恐怖呀！怎么样，学得像不像？”

看着王琦一副滑稽的模样，石榴倒是一下子给逗乐了。

“上次发布会后，你成公司名人了，听说那天杜总夸你好几次，以后升迁发达了可别忘了在下。”

“胡说啥呀，杜总那夸得是整个部门，我一个人就是超人也完不成整个发布会。”

俩人正说着，胡丽君走过来。

“聊什么呢，这么起劲。石榴，头儿让你过去一趟。”

石榴来到马苏晨的办公室，马苏晨放下手里正翻阅的文件，坐到石榴对面的沙发上。

“小石，上次发布会办得非常成功，杜总表扬了我们部门，这里有你很大功劳，我得感谢你。”

“马总，您别这么说，都是大家共同的努力，我只是做了自己该做的。”

“我看了你的简历，你以前在老家是师范老师，后来又长时间在做培训工作。你对儿童教育培训工作有没有兴趣？”

石榴一时不明白马苏晨为什么要这么问自己，也不敢直接回答，只是微微笑了笑：

“马总，儿童的教育培训工作非常有意义，也很有市场前景。”

马苏晨起身从办公桌上拿出一沓资料，递给了石榴，自己坐下又往前凑了凑。

“你看看，这是咱们部门要开拓的一个新项目，公司非常重视这个项目的开发，我计划把这个项目交给你来做，怎么样？”

石榴简单翻了翻项目计划书，对于石榴来讲，她非常愿意也渴望接触一些新的领域来充实自己。

“谢谢马总对我的信任和支持，我一定努力把它做好。”

“小石，我看好你，好好干吧。”

洛飞身在外地，每天打电话石榴也不接，特别是前两天没接上她的那个电话，总觉得她应该有什么事。他本想问问石英，又觉得不合适，思前想后打电话给了管鹏，请他帮忙去看看。

石榴这天下班回到家里，刚上到她住的那层楼远远就看到杨妍男朋友正守在租房大门口。原来这两天杨妍不想见他，跟单位请了假，故意躲着不见他，于是她男朋友就来堵门。石榴看他这架势也不敢进屋里。趁着杨妍男朋友没看见她，赶紧一溜烟下了楼。石榴徘徊在楼门口，也不知道自己该去哪儿，又不敢回住处。正闹心下面该去哪儿，远远看见管鹏走过来。

“石榴，你在家呢，怎么不上去？这大冬天的冻死我了，打你电话也不接。”管鹏一边哈气搓搓冻红的手，一边搓搓脸。

“哦，手机开会放静音了，不好意思啊，啥事？”

“还问我啥事，你家洛飞硬催我过来瞅瞅你，说担心你遇到啥事了。你们两口子咋啦，闹啥别扭了？”

石榴不好意思地低下了头。

“没啥事，就是……哦，我这不是有家不能回嘛！”

石榴跟管鹏简单说了一下自己同屋的女孩的遭遇，管鹏马上就要给洛飞打电话。

“别给他打电话，打了他也回不来！”

“那你也不能在这耗着呀，那家伙要是一晚上都守着呢，你不是都回不去了。我那是单位集体宿舍，也没可以让你住的地方。你看看有没同学、同事什么的借宿几天？”

“对呀，同学，我有同学，我问问王晓文，方便的话先住她那。”

石榴按照晓文给的地址，来到一家位于东边极尽豪华的五星级酒店。冬天天黑得早，石榴一出地铁就进了那家酒店。当她来到晓文房间门口时，发现门是虚掩的，石榴敲门没人应声，石榴确认了门牌号没问题后往里走了走。

“晓文，你在吗？”

还是没人答应，石榴掏出手机拨通了王晓文的号码，沙发上的手机响起来，看来是她住的房间。房间是个大套间，石榴继续往里走，看见浴室的灯亮着，有流水的声音，石榴又喊了几句，还是没人答应，她大着胆子小心翼翼打开浴室的门，倒吸了一口气，差点喊出来，眼前的浴缸里一片红……

而晓文正斜靠在浴缸旁边，手里抓着一个醒酒器，半闭着眼，头发凌乱……

第三十二章 雾霾消散

“晓文，晓文，你怎么了？”

“你别吓唬我，醒醒……”石榴一边使劲推着晓文，一边把手颤抖着放到晓文鼻子下想试试她的呼吸。

半天，晓文缓缓睁开微醺的双眼。

“你来了，哦，我，我……” 王晓文想起身却怎么也起不来。

“你，你没事吧，让我看看你，伤哪了？” 说着石榴翻看晓文胳膊、身体、腿上……都好好的，没一点伤口。

“嗷，嗷……”晓文猛得想要吐，捂着嘴回过头对着浴缸呕吐了几下没吐出来。

石榴这才发现晓文手里拿着的醒酒器里的红酒，回过神来，浴缸里的那片红是红酒。一把扯过晓文手里的醒酒器，放到旁边。

“你吓死我了，这一片红酒染得多吓人……怎么喝这么多！”石榴使劲扶起她，想往外挪，却挪不动，干脆让她先坐在马桶盖上，怕她倒下又赶紧一只手扶着。

晓文突然大笑几声，紧接着又大哭起来，还一把抱住石榴的腰。

“你以为我会糟蹋自己啊，我活得好着呢，我才不会想不开呢。呜……还是你对我好，石榴……”晓文又哭又笑，脸上的妆已经花了。

没说完又要吐，这次自己倒是翻过身揭开马桶盖吐出来，石榴强忍着难闻的味道拍拍晓文的后背。

折腾了好一阵，终于石榴扶着她躺在了床上，看着她沉沉地睡过去。

三年了，她们俩三年后的见面竟是发生在这样的情景下。望着晓文哭花的妆下掩藏的那张精致的脸庞，一头染得金黄的长发胡乱披散在枕头上，睡梦中依旧是一副微皱着眉的模样。

“她究竟经历了什么，这几年都过得怎样呢？显然，答案已经写在晓文脸上了。”石榴想想自己，再看看晓文，她不明白才不过几年的工夫，大家都变了很多。

一晚上，石榴就在沙发凑合，整晚和衣而睡。直到早上，石榴上班离开时，晓文还沉沉地睡着，石榴不忍心叫醒她，留了字条便离开了。

石榴被喝醉的晓文整晚折腾着，根本没顾上看手机，早上一看手机早已没电了。到了公司充上电后还没顾上看，又被喊去开会了。直到快到中午散会时，胡丽君说门口有人找他，石榴出去一看，愣在那里。

他满面胡茬，头发蓬乱，身上衣服皱巴巴的，显然一夜没睡好的样子。石榴突然间有种心疼的感觉，不过还是倔强地低下头，也不知道该怎么开口。

洛飞把背包跨在肩上，伸手拉住她，俩人默默走进电梯来到公司附近的一片休息草坪前。

“竟敢一直不接我电话，谁给你的胆子！” 洛飞边嗔怪着，边习惯地捋了捋石榴的发帘。然后紧紧抱她在怀里，像是要把她揽在自己身体里。

石榴抬头看见洛飞满眼的红血丝，黑黑的胡子拉碴的脸，瞬间心疼了，满是自责，又觉得也挺委屈，眼泪不争气地流下来。

洛飞以为她还生气，赶紧抱住她，也不顾身旁经过的路人，拍着她肩膀像哄孩子似的不停安慰着………石榴怕被公司同事看见，想要挣脱，没想到洛飞搂得更紧了，她挣脱不开，只好乖乖把脸深深埋在他大大的怀抱里。天空不知何时飘起了雪花，此时的石榴在想：在这个陌生的大都市,有个人愿意关心你的喜忧,愿意陪你受着这寒冬酷暑,也就足够了。她使劲呼吸着来自怀抱里那个人的温暖,一时间她感觉春天已经来了,周身都充满了阳光和安全。远远地望去,俩人就像鸵鸟般依偎在那里。

晚上,晓文执意请石榴和洛飞吃饭。而洛飞设计院的施工还没验收完,还得赶晚上的火车回去,他不放心石榴回租房的地方住,联系好管鹏单位招待所,又陪着石榴回家取了几件换洗衣服。他让石榴先住几天招待所,再想办法。洛飞上火车前一路叮嘱石榴最近别回租房那,一定注意安全。石榴又一次觉得外表粗犷的黑猩猩原来对她那么细心,心里美滋滋的,连日来心里笼罩的雾霾全都消散了。

石榴来到与晓文约好的饭店,此时的晓文一改昨晚的破败不堪,一副贵妇人的姿态。石榴看着眼前谈笑风生、珠光宝气的晓文,想要问问她,但看她不停给自己夹菜,欲言又止了。

吃到一半,晓文出去接了个电话,回来坐下后情绪就不对劲了。

“石榴,我知道你想问我昨晚的事情。知道吗,我这几年过得一直很累,很糟心。”

晓文挥手示意服务员拿来一瓶红酒,待服务员倒好后端起来就一饮而尽,接着又第二杯,石榴想拦没拦住她,再喝第三杯时,被石榴坚决拦了下来。这时晓文才渐渐吐出了她的近况。

原来,晓文跟 Tony 出国后,发现那老头跟前面几任妻子总共生了六个孩子,大儿子比晓文还大两岁。大儿子 steven 对晓文特别排斥,逼着晓文签下与她父亲的婚前财产协议:若他父亲去世,晓文再嫁或是晓文单方面提出离婚,家族遗产晓文一分也没有。

说完晓文又喝干了两杯酒，她的脸更红了，话也说不利落了。

“我跟那老头哪来的感情？不就是图他个身份嘛，还逼着我签那么多不平等条约。我才不怵呢，我希望 Tony 好好活着。”

“来，石榴，祝我的 Tony 长命百岁，哈哈哈……干杯……”

餐厅里众人纷纷扭头往这边看，弄得石榴特别尴尬。

第三十三章　牛市

冬去春来，春走夏至，石榴在公司里大大小小的项目已经完成了好几个，有时候同时做 3 个项目也是有的。不知道是工作历练了她，还是她裹挟着自己在工作中前行，那种项目结束时最初的激动和兴奋感渐渐远去。走出活动现场，远离喧嚣的繁杂，身后只剩下高跟鞋和地面空洞的撞击声，回到家中看到的只是一张落寞的床，留给石榴的是无限的失落和疲惫。石榴换上拖鞋，走到窗帘旁，一把拉开帘子，向远处打量着这个睡梦中的城市。东四环的街面总代表着这个都市特有的夜生活节奏，夏夜的霓虹灯显得特别张扬：既五光十色、变化多端，又周而复始、令人迷失，川流不息的车流驶向远方，偶尔也有夜归人喝醉酒的吵闹声，突然被惊醒的楼里居民，隔窗往下喊骂两嗓子，这一切交织在一起，肆无忌惮地充斥着这无边的夜，无边的界。

石榴租的房里新住进来一个女博士，原来租住的杨妍，房东在听说了她跟男友的事情后，不想有麻烦也就跟她解约了，杨妍也没坚持，匆匆搬走了。女博士看起来温文尔雅的，戴着副深度近视镜，说起话来总不时推推镜子，很认真地盯着你倾听。听说在首都经贸大学学习经济，她叫王芯。

这天，晓文让石榴陪她去个地方，石榴到了才知道，是证券交易所。看着满满大屏幕上的一片红色，石榴看见晓文笑开了花，一个劲冲着大屏幕傻乐。石榴对股票完全陌生，只知道 2007 年是一个人人争谈股票的年份，听说闭着眼睛买股票都会涨。这一段连公司里保洁阿姨也在炒股。

“股市旺啊，我的股票这几天就翻了一倍。待会咱们去吃火锅庆祝啊！”

“听说股市有风险，上上个月我看我们公司炒股的人跌了，赔了不少呢。”

“呸，呸，呸，快说……真是，炒股的人最忌讳喊跌了。”说完晓文还不忘戳一下石榴的脑门。

吃饭的时候，石榴看见晓文一直乐个不停，忍不住问她赚了多少，晓文从锅里捞出一块牛肉蘸上满满的麻酱后一口吞下去，然后边嚼吧边伸出了一个手掌比画给石榴。

“五万！够多的，我得再来一盘肥牛！”

“什么呀！再加一个零！”

“五十……五十万！”顿时，石榴的嘴巴已成大写的O型。

晓文得意地欣赏着石榴惊呆的表情，“咯咯咯”笑出声来。

“我可等到这波牛市了，你不知道5月份那次大跌我伤着元气了呢，差点就要让Tony给我补仓了。”

“什么是补仓？”

“你也不懂，别操心了。哎，石榴，你也炒股试试吧。”

“别，这种大悲大喜的东西不适合我，我乃市场经济绝缘体质，没准哪天就出家为尼了。”

“你出家，等梁洛飞先剃度了再说吧。炒股比你挣那份死工资强多了，你说你们俩那点钱什么时候才能在这买上房？听我劝，趁着这波牛市来了，赶紧入市，赚个首付没问题。咦，你觉不觉得今天这个肥牛不新鲜？”晓文把刚吃进去的肉吐在纸巾上。

也许正是晓文无心的一句话却勾起了石榴心中无限的惦记。回到家里，石榴看王芯正忙着在收拾一箱书，凑过去，帮她拿起地上的书往箱子里递。

“王姐，你炒股吗？”

“我做博士论文时，多是在网上操作虚拟股市，后来想实际体验一下，开了户。不过都是为了毕业论文的需要，本金也不多，只是体验一下。怎么突然问这个？”

石榴跟她说了好朋友在股市大赚的事情，让她给自己讲讲股市知识。

“所以，你也心动了？”

“也还没有，但也想开个户试试，毕竟也是一种学习。”

“投资有风险，入市须谨慎！”

看着石榴一言不发，像是不太懂的样子，王芯笑笑，接着说：

“2007年2月27日，沪深股市遭遇十年来最大跌幅，沪指跌幅近9%，深指几乎跌停，800多只个股达到10%跌停限制位，A股市值一日蒸发逾万亿。2007年5月30日，因为证券交易印花税税率调整，当天两市共900多只个股跌停，许多投资者甚至一年的股市收益在之后几天内蒸发殆尽。再看今天的股票市场，一片大好，江山万里飘红。”

王芯边说边收拾了一箱书，留下一句整晚都让石榴琢磨的话：

“在大众贪婪时你要缩手，在大众恐惧时你要进取。这是‘股神’巴菲特的至理名言。”说完王芯抱起那箱书，头也不回地进了自己房间。

第三十四章　股票

2007年，受牛市影响，石榴身边的朋友及同事见面的招呼都由“你吃饭了没有”变成“你的股票涨了没有？涨了多少？你的股票抛了吗？又赚了多少啊”。似乎但凡进行股票买卖的人，都能赚不少的钱回来。

“你懂股票的基础知识吗？什么K线图、开盘价、反弹、买空、卖空，这些你都搞清楚了吗？光看见贼吃肉，没瞅着贼挨打的时候。”洛飞对石榴股市开户的事情不置可否。

石榴摇摇头，但转念一想：

“炒股赚了的人不一定都靠专业知识，很多是凭运气。”

“你看看每天进出证券交易所的人，他们都懂吗？晓文懂吗？王芯倒是懂不少，但她也没利用这拨机会赚钱买房，还不一样跟我合租。”

“你那个同学王晓文是普通人吗？她能赚钱，也能花钱，还得有人供她花，你跟她不是一类人，没可比性。”洛飞一针见血，想点醒石榴。

“洛飞，我就想尝试一下，万一挣了呢？你想想我们就能在北京有自己的房子了！”

“就你那几万块钱？房子的事情我会想办法，你就安心把自己……”

“洛飞，让我试试吧，赚了我们就用在父母身上，如果没赚赔了就……就当交学费啦。”石榴真是对炒股心动了。

石榴在交易所门口买了《股票入门知识》和《如何炒股》两本书，潜心研究起来。后来又是找炒股的同事请教，又电话晓文求推荐，最后买入两只股票，总共花了2万多块钱。自打买入后她就一直盯着大屏幕，生怕那只股票价格不小心会掉下来、飞走了。

当天下午，石榴就随着大盘一起经历了下滑的挫折，那抛物线就像是在跳跃中要落下的乒乓球一样，扑腾扑腾往下窜。石榴想抛已经来不及，当天下午，石榴的心也揪起来了，连同事打招呼都懒得搭理，一副世界末日的感觉。还好，第二天这两支股票又都有不同程度地回升。终于，在她坚守了三天之后，怕再横生枝节，两支股票全被她又抛出去了，最终也还为她创造了小小的收益，比银行利息是强一点。

回想起来，在股票下跌时那割肉的心情，还是有点发怵，虽然起初是抱着学习加小试身手的心态，理论上不应该紧张，应坦然处之才对，但因投了学费进去，看着自己的钱一点一点变少之后，心也就忐忑起来。再想想人家那些投了几十万或几百万进去的人，那得要承受多大的心理压力，腿肯定要软趴了。

经历了这次炒股，石榴彻底丧失了靠炒股来赚取房子首付的想法。

第三十五章　辞职

石英来了，黝黑油亮的皮肤、结实突出的肌肉，看得出来在部队经过锤炼变得成熟稳重了。

晚上，洛飞、石英和石榴找了一家老北京菜馆边吃边聊。

“小英，周末哥带你到周边转转去，咱仨好久没一块坐下来吃顿饭了。”

“哥，我估计明天开始我们就要集训了。”

石榴夹了一筷子焦溜丸子放石英碗里。

“你们搞得这么紧张啊，姐还想带你去商场，买两身衣服呢。”

“我啥也不缺，姐。明年奥运的安保任务堪称是‘和平年代除了战争以外最大的军事行动’，我们必须严阵以待，以最好的状态和最佳成绩来迎接。”

石榴停顿了下来，看着眼前的石英，他不再是小时候向自己寻求保护的小弟弟，已然成长为一名男子汉了。

正好王芯跟导师出差了，石英第二天才去驻地报到，可以到石榴那住一晚。

晚上石榴在超市买了很多零食，放在石英面前。

“姐，你是不是还把我当小孩呀。我平时都不吃这些。”

“你好不容易来一趟，我这不是总想让你吃点好的嘛。小英，你在部队有没有谈朋友？”

“还没有，我这刚到部队，不着急。而且我刚借调到连队，不想给部队留下只知道谈情说爱的印象，等正式办了调动再考虑这个。”

“小英，你变了！”

“变了？变哪了？变帅了！”说完石英对着石榴做了一个敬礼动作。

“变成熟，变爷们了！”石榴站在石英面前，抬头仰视着比自己高出一头多的石英。

“姐，你和洛飞哥以后怎么打算？我听北京的战友说，北京房价简直是插上翅膀的想象力，你俩没考虑付个首付先安个家吗？”

“这些我也想过，洛飞他们单位将来可以分房，就是得排队，他前面还有好多人排着呢。”

俩人又闲聊了些别的家常，准备休息时，石榴正准备走出房间，石英突然问了一句话：

“姐，你现在幸福吗？”

“小屁孩，怎么突然问这个？”

“你想过你为什么要来北京吗？主动放弃稳定的工作，在这大城市每天租个房子，跟洛飞哥一个礼拜才能见上一两面，还得坐两三个钟头的车？”

石榴哑口无言，是呀，为什么呢？

“姐，我希望你幸福，可我更希望你做自己开心的事情。”

石榴一时不明白小英为什么突然跟自己叨叨这些，但似乎他又能看穿自己内心的犹豫和徘徊。

晚上，躺在床上，石榴一直反复思考、回忆自己来北京的动机，使劲回想着当时她进修结束毅然决然放弃小学老师的情景。在父母的鼓励下，亲朋好友不解的眼神中，她离开了安城，只身来到这个大都市，难道她只是奔着洛飞来的吗？只是想与洛飞双宿双飞，其他别的都不重要吗？显然，并不是这样的。

想着想着，石榴猛然坐起来，拿起床边的手机给洛飞发了一条短信，她担心再想一阵她就会忘了或者没有那么大胆量了。

“有猎头给我打电话，问我要不要跳槽到一家传播公司，职位是培训负责人，工资比现在能高15%。我想考虑考虑。”刚输完“考虑考虑”，石榴又删去了，改成“试试”。

发送了短信，石榴关了手机，终于可以踏实地入睡了。

第二天，石英要一早去报到，姐弟俩匆匆吃了早饭，石榴把石英送到公交车站，准备去公司。这才想起把手机开了机。刚开机，梁洛飞的电话就打了进来：

“收到短信再给你打过去，你就关机了，早上一直打。”

“太晚了，以为你早睡了嘛。”

“你决定要从这家公司辞职了？”

“嗯，我想试试，而且工资各方面待遇也比这儿强。”

“我都支持你，我是你坚强后盾……小爷我给你做好后勤，石经理。”

虽然洛飞只是一句肯定，石榴心里还是美滋滋的，胜过给她发了年终奖。

石榴在拿到新公司的入职 offer 后，顺理成章也就向部门的马总上交了辞职信，想着还得有近一个月的交接时间，还是越早提出越好。

孰知道，她的辞职申请被公司退回来了，还通知她第二天去杜总办公室，杜总要与她面谈。

第三十六章　竞聘申请

石榴两年后又一次来到汇天公司总部，不同于第一次来时那样心里没底，满是发怯，相反怀揣着一种激情飞扬的热情和洒脱。她打心眼里感谢汇天这几年对她的培养，把她从野战军培养成了正规部队作战人员。在前台工作人员刷了卡后，电梯直接往顶层开去。“叮”一声，电梯到了顶层，一出电梯，往外望去，能看到东三环川流不息的车流，站在高耸入云的楼层向外望，视野相当宽广，石榴很喜欢这种放眼望尽四方，心旷神怡的感觉。她怕耽搁太久，赶紧收了心思，向内层办公区走去。

杜总正在开会，秘书把石榴领到办公室后就去忙别的事情了。石榴坐在这个装饰古香古色的空旷大办公室里，一时间也不知该做点啥，端起桌上那杯水，抿了抿，又放下。她环视整个办公室，均是以棕色调为主，靠窗的一排转角书柜吸引了她。这排纯实木兼具厚重感和古典文化气息的书柜更增添了这间办公室尊贵典雅的气质。书架上古典文学多一些，《诗经》《唐宋八大家散文鉴赏大全集》《宋词选》《中国古典文集》等摆满了整个书架。石榴本不想去翻看里面的书，看到里面有一本《纳兰性德全集》，没忍住拿出来随手翻看着。

“人生若只如初见，何事秋风悲画扇。”“浮生若梦，别多会少，不如莫遇。”这些她曾经耳熟能详的诗词还是那么勾人心魄，无论何种境遇下。她又拿出《诗经》，这本书在读师范的时候，她读过很多遍，除了学校老师的要求，自己也确实喜欢里面的诗句。“关关雎鸠，在河之洲，窈窕淑女，君子好逑。”“蒹葭苍苍，白露为霜。所谓伊人，在水一方。”记得读书时，石榴和王晓文特别喜欢摘抄一些美好的句子在笔记本上，总爱在空闲时拿出来，对照着，你说上句，她接下句。一时间似乎那些过往的岁月都浮现在眼前……石榴一边浏览一边回想往日时光，连走进来人都没有察觉到。直到来人突然发问："你读过这本书？"才把她带回了现实。

石榴抬头一看，杜总不知道什么时候已站到了沙发边上，慌乱中书掉到了地上。

石榴赶紧蹲下把书捡起，仔细上下检查了一下这个精装本有没有摔坏。

"杜总……还好没破损。"石榴讪讪地笑了笑，又放回了原处，关好了橱柜。

"请坐，石榴，你这个名字挺有意思。"

石榴端坐在杜天锋侧面的沙发上。

"噢，小时候奶奶起的，出生时正好院子里的石榴花开了，就起了……石榴这个名字。"

石榴说话时看了一眼对面笑容可掬的杜天锋，他依然戴着副钛金属制作的无框眼镜，眼镜背后的一双眼睛给人感觉精明老练，似乎一下子能把对方看穿。

"他们把辞职信递给我了，但，我没批。"

这样的开场白石榴早有准备，她正想把自己辞职信上洋洋洒洒的理由再重新演绎一遍。始料未及的是杜天锋似乎没给她这个时间。

"你既然读过《诗经》，里面有一句'投我以木瓜，报之以琼琚'，可明白啥意思？"

说完杜总拿起桌上开水壶，注入一杯已装有茶叶的透明玻璃杯中，顿时，片片茶叶四散开，在水中翩跹起舞，如同一个个灵魂在水中游走。

石榴一时间回不过神来，她无心欣赏茶叶的婀娜身姿，耳边还在回响着“投我以木瓜，报之以琼琚”的意思。她当然明白这句话意思，“滴水之恩当涌泉相报”，但她不确定杜总话语中的深层含义。她一直低着头，直到办公室秘书又带进来一位杜总的客人。

杜总淡淡地对她说了句：“年轻人，别沉不住气，回去好好琢磨一下再做决定。小王，把刚才那份资料拿给石榴看一下。”

石榴被带到了总裁办秘书处，秘书递给她一个文件袋，她似乎都能从秘书表情中读出“忘恩负义”这四个字，秘书面容的冷淡，让石榴无暇打开文件，忙不迭拿上那包资料匆匆逃也似的离开了汇天总部大楼。

洛飞和婷婷对这件事情发表了不同看法：洛飞认为，人行走社会，要有情有义，先前提出辞职接受别的公司的面试拿到Offer，是石榴对自己职业规划的考虑，疏忽了公司老板对杨萍之前老员工一直格外关注的考虑，走就太没道义了，洛飞主张她留下；而婷婷截然相反，认为石榴必须得离职，她在向老板提出离职后，老板知道她有了另谋高就的想法，一旦留下老板也不会再重用她，至少不会再安排重要工作给她，不管是升职加薪也好还是其他都不会再考虑她，她必须辞职。

石榴一下午根本无心工作，两眼直勾勾盯着办公桌上的电脑，总感觉办公室里大家都在窃窃私语什么，她站起来环视周围，依然如旧的井然有序，看来是自己心里有鬼。

她重又坐下来，这才注意到杜总秘书小王给她的那包资料。她从资料袋里抽出一沓厚厚的文件，发现上面赫然写着《培训管理部门副总经理竞聘要求》几个大字。石榴一瞬间仿佛木鱼脑袋猛然遭受一击，夹杂着欣喜又带着寻宝一般扒拉开其他的资料，惊喜发现里面还有一张《竞聘申请表》！

石榴来不及自己整理这新的情报，她赶紧打开了QQ，呼叫洛飞：

“在吗？”

……

第三十七章　三位候选人

当天晚上，石榴和洛飞因为这件事情碰了个面。洛飞更坚定认为石榴应该留下来，毕竟一个人干生不如干熟，原公司的人脉和工作环境都很重要。石榴之前受到婷婷的提醒，不得不把担心告诉洛飞。

“不会是杜总用这个升职可能性来鼓励我，而我最终竞争失败，也耽误了新公司的入职机会，最后汇天再把我扫地出门吧。杜天锋对于我们来说首先是一个 boss，这决定了他商人的定位，其次我才会觉得他是朋友。”

“这么狗血的剧情，亏你能想得出来，这是社会！你放心，当时杜天锋能替杨萍接管你们公司，把你们都招致麾下，而且你一辞职人家就知道了。一般来说，小职员辞职哪会惊动大老板，说明人家很重旧情，看在杨姐的面上一直关注你们几个人的去向。”

“洛飞，我现在好矛盾呐。”石榴趴在桌子上发愁。

“新公司我都不用竞争，现成做经理，而汇天还得选拔，最后不一定让我当经理呢。”

“好事多磨！你现在要麻雀变凤凰啦，愁啥愁，让小爷给你算算你下一步运势！”洛飞故作神秘，看看石榴手心，又摸摸石榴脑袋，再仔细端详面部。逗得石榴不由得脸红了，她一下子挽起洛飞胳膊。

“人家都愁死了，你还装什么老中医。”

“你最后还得自己做决定，不管你去还是留，小爷都支持你！”冬天的夜空，难得那么透亮，虽然冷，但依然挡不住二人相偎依着向公交车站走去。到了公交车站，洛飞不放心石榴一个人回到住处，坚持要送她回去，就这样，二人又走回了楼下。

“别发愁了，好好睡一觉，明天一早就有答案啦！”

石榴刚要转身上楼，突然又转回来，害羞地笑了笑：“我再送你到车站吧，你再帮我分析分析。”

“再这样送，恐怕就送到明天天亮了。别调皮，赶紧回去吧。”

石榴不好意思地吐吐舌头，跑进了身后的单元楼里。

……

第二天，石榴给杨萍打了个电话，把事情经过跟杨姐说了一遍，想听听她的意见。

“石榴，最后还得你拿主意，但我想告诉你两点，进入社会不管是创业还是工作，最重要的是坚持；再有我跟杜天锋认识不止一两年了，他，是个商人没错，但更主要的是，他还是个很不错的朋友。”

杨姐的话说得很明显，石榴在跟杨姐通完电话后，也就拿定了主意。填好了《竞聘申请表》，上午就来到总部大楼，把表递给了秘书小王，同时让小王带话给杜总，她决定不辞职了，想要回自己的辞职信。小王不一会就从杜总办公室出来，把《竞聘申请表》还给石榴，石榴看着表格，一脸惊讶。

“杜总说，请你去人力资源部递交，走正常程序。辞职信的事情他说他知道了。”

“就这样？”石榴唯恐秘书小王落下什么重要情节。

“就这些。”看着石榴一脸失望的申请，小王又补充了一句：“都是杜总原话。”

石榴一脸失落地走出了顶层办公区。

“走正常程序？意思是我参加竞聘还未必能怎么地呢！”“放着现成的经理我不当，偏偏选择走你这个独木桥！我不会是傻吧。”石榴刚走出办公大楼，往楼前又多走了几步，仰起脖子看向高处，嘴里嘀咕道：

“有什么了不起？别人挽留辞职的员工，不是升职就是加薪，我呢？道义绑架我不成，还扔给我一个不一定能吃着的甜甜圈！”

“我石榴发誓，我一定要像杜天锋那样成功！也绝不像他那样盛气凌人，两句话就把一个有志青年给打发啦！”

想到这里，石榴忿忿地又返回大厅，问了前台人力资源部门楼层，郑重地把自己的申请表交到了人事专员的手里，这才长出一口气。临近中午，看到络绎不绝地涌向公司餐厅楼层的员工，石榴不知哪来的勇气，深吸一口气，掏出工牌，对自己说：

“既然要竞聘经理，我就得先从总部餐厅开始了解。对，就从这里开始了解！”

在众目睽睽下，石榴人生第一次厚着脸皮凭借分公司的工牌吃了一顿总公司的工作餐！

紧接着石榴的竞聘之路坎坷不已，先是初审简历时，HR说石榴任职资格不够。

“她没有主管经验！”好在石榴这两年在公司抢着做项目，大大小小的重要项目，她光是担任项目负责人的就6个，其他参与项目的还不算。这些项目的举足轻重、完成业绩最终成就了她的破格申报，好在有惊无险，顺利通过审核。笔试考试，石榴不担心，原来在管理公司项目档案时，她有很多学习积累，并且做过详尽的项目管理档案的记录，只要翻翻先前的案例，应该不难。石榴感觉最有挑战的是实践考试中，会出何题目？近来，为了参加此次考试，石榴总是奋战到深夜，王芯看石榴那么拼，腾出一晚上的功夫，结合多年的学校工作经验，拿出应战博士答辩的劲头，为石榴梳理了一下此次竞聘可能出现的案例和理论题目。

张榜那天，石榴紧张得嗓子眼都发不出声了。那天办公室的人都很关注此次竞聘结果，几乎是跟着人事专员的脚步来到公告栏。王琦第一个喊出了“石榴”的名字，那一刹那，石榴仿佛觉得世界都沸腾了。当有好几个人跑过来围在她身边恭喜的时候，她才敢确定她竞聘成功了。只是，她看到榜单后，知道大家是过早祝福她了，原来，这次经理候选人有三个，除了她还有两名总公司的精兵强将。于是，天空再次被乌云遮挡，她还需要再次经历人力资源部门各种考察摧残，怪不得人们把大公司的 HR 都称为“榨汁机”与“淘米机”！

到了最后抉择的关口，石榴反倒不紧张了，用洛飞的话说：“这定人的事情就不是你所能决定的了！凭实力大家可以公平竞争，但是论资历和背景，你这些优势都近为零，只能交由上天决定了。”

“如果最后不是我呢？我岂不是白折腾！”石榴有些丧气。

“那就看你们公司人才发展战略是啥了，要是那么官僚的机构，你尽可以下决心一走了之了！”洛飞趁着周末，拉石榴出去疯了一整天，他说这是劳逸结合，有益身心。

石榴总觉得自己特别依赖洛飞，她不自觉地愿意与他分享生活中的每一个重要时刻，喜欢听他的意见，也很感恩在每一个重要关节，洛飞都能给出让自己从容的答案。

第三十八章　增设业务拓展部门

公司员工大会上，台上副总在宣布结果，大家都大跌眼镜。培训管理部门的副经理共设了两名，全是总公司的“精兵强将”。刚宣布台下一片哗然，有人唏嘘不已，有人替石榴惋惜，有人说这早就内定好的。坐在台下的石榴脸上没有太多表情，旁边的人也不都认识她，身旁的王琦嘴里嘟哝着，替她打抱不平。

“这不是偏向总公司的人嘛，还三公？狗屁的公平、公正、公开！”

石榴听见了王琦的牢骚，也懒得制止他，说实话，她觉得自己不比那俩总公司的竞争者经验少、业绩差，台下的她虽然面无表情，但内心却是沮丧极了！

“看看，还是皇亲国戚厉害吧，就是走个过场。”

“听说是杜总太太娘家那边的什么亲戚，平常在公司里就趾高气扬、耀武扬威的。这下子更了不得了……”

王琦看了一眼耷拉着脑袋的石榴，用胳膊戳戳她。

“哎，别这幅姿态呀，赶紧坐好，气势，石榴，拿出你的气势！”石榴苦笑了一下，冲王琦勉强点了点头。

石榴想起了洛飞所说的“官僚”，但不管怎样给自己打气，她心情还是很低落。这时候，台上那位副总继续说着，石榴已经无暇听了。她只盼着赶紧开完会。

“为了公司的业务发展，我们新成立了一个业务拓展部门，经过公司领导慎重、认真研究，决定聘——石榴为该部门的常务副经理，主持该部门工作。”

听到这里，台下简直要炸锅了。

事情是这样，人生也是这样，你永远预料不到下一秒如何峰回路转，有时候，这180度的大反转令你不免有些滑稽可笑。石榴终归有点懵圈，还不知道发生了什么，倒是身边王琦反应快，带头兴奋地鼓起掌来。

“念的是你，石榴，恭喜你，听见了吧，你这是实至名归！”看到王琦那么兴奋地在替自己鼓掌，石榴一下子还无法从刚才的沮丧中回过神来。王琦这么一嚷嚷，周围人都知道她就是石榴，羡慕、嫉妒、复杂等眼神纷纷投过来。就在接下来的十秒到二十秒的时间，仿佛第一排和最后一排的公司员工都在议论这个石榴是谁，背景是什么，有多厉害！

石榴后来从这件事情总结出一个结论：“你可以不那么优秀，但内心一定要强大，因为人生不总是要靠闯劲和实干，相反需要强大的忍耐力和承受力！犹如打拳的两人，不一定善于攻击者就能赢，也许能忍受挨打方才是最后的赢家！”

那天下班，洛飞叫了管鹏，石榴喊了晓文和王芯一起到附近的钱柜KTV庆祝，大家都替石榴高兴，恭喜她升职加薪。那晚他们玩得很疯，犹如一场外乡人在北京的大Party，年龄相仿的五个人聚在一起，顺便缅怀一下正在肆意昂扬的青春。那天，王芯喝了啤酒，平时一副知性温婉的她，那天口若悬河地说了很多、唱了很多，唱到高兴的时候，石榴听到她突然真真切切地喊了一句：

“自尊有时就是吃饱了撑的，来，干杯，让自尊见鬼去吧，哈哈哈……”

石榴的酒都让洛飞挡了，她没怎么喝，悉数听着王芯的酒后真言。洛飞本想让石榴阻止王芯耍酒疯，石榴却说：

“就让她发泄出来吧，酒醒了她又得戴上面具，当那个必须正经八百的女博士了。知道吗？王芯老家原来有一个男朋友，男方家里嫌她继续读博士，就逼着他们分手了。她是心里苦，憋闷得慌。”

王芯渐渐喊得声音小了，趴在石榴肩膀上，流着泪喃喃道：

“我就是灭绝师太，怎么了，你们说我是第三种人，我就是啦，怎么啦？你们都是黄蓉，都是李莫愁，我才不稀罕，我要当小龙女，听着！我这就找我的杨过去！”

那晚，晓文倒是很安静，点歌唱歌也没喝酒，出奇地安静，跟管鹏一直聊股票行情和走势。

洛飞和管鹏费了很大劲儿才把王芯给弄回住处。第二天一觉醒来后的王芯果然一点都想不起来她当时的醉态，石榴在描述了当时的情景后，王芯已经崩溃式地“晕倒在地”，嘴里直说：“毁了，毁了，我这一世英名呀！”

石榴劝王芯不要老拘着自己。

“我以前的老板常说一句话：‘改变能够改变的，接受不能改变的，生活也许就会舒坦很多！’”

然而，说归说，生活是要针尖对麦芒地实打实地去经历。

在新的工作局面即将打开时，石榴一筹莫展。原来预想的属于公司中层的任务权重、职务待遇、部门人员配比、话语权、角色重要性等，都是形同虚设，甚至于连部门经理的邮箱权限都要重新申请。她不明白，是公司原本就是这样，还是只针对她？或者这里面到底出了什么问题，又或者是公司在安排上本来就故意这样做的！

第三十九章 毒舌导师

在华灯璀璨，商贾云集的商业市场中，杜天锋一手打造的汇天集团如今已涉足多个领域。1965 年出生的杜天锋，以做事追求远见卓识而闻名。他自 80 年代中期出来打拼，从工地上的建筑包工活起家，做过装修，经营过店铺、开过连锁超市、与人合开过广告公司、百货公司等，摸爬滚打了近 20 年，才闯出汇天这个品牌。行业内的人都尊称杜天锋“杜大哥”，他一直信奉只有远见卓识，具有创新力，才能掌好舵，创建出国际化的家族企业。

身处这样的一个家族企业中，初任部门负责人，对于还没有来得及平稳度过新鲜劲儿的石榴来说，不可预料、接二连三地遇到很多问题。首先公司只给部门配了两个人，在公司计划中也没有明确该部门的运营方向和规划，就连公司一向崇尚的“项目为王”，也没有明确地在项目分配中提及这个事业部，更没有配给该部门足够的物资，但是业绩要求却是重得要命，占到全部业绩的 20%！看到这个指标，石榴一晚上嘴巴、鼻子上就冒出了许多火疮。其他 5 个业务部门，不但业务模式成熟，公司支持力度大，人员配比成熟不说，光是人家二三十人的阵容，自己就够不着。

石榴冥思苦想了几天，首先从开源节流方面控制成本，对各种开支都“密切监察”，每每一想到业绩表，她就如履薄冰。

这样一来，石榴的做法首先招致了部门那两位员工的不满。王泰自认为跟公司高层熟，总跑到领导那参上石榴一本，但无非是“小气”“过度节约”之类的，也没什么大毛病。范重是刚到公司的大学生，一个月本来发得就不多，还要交房租、水电费等，业绩不良自然绩效提不上去，又在王泰的煽风点火下，范重干脆给人力资源部递交了《调岗申请》，只不过以理由不充分被退回来了。虽然他不死心，但眼下也没更好去处了。

千头万绪，石榴感觉脑子都要长出草了。趁着晓文约她见面的功夫，她干脆把自己心中的不满一吐为快。

“问题一大堆，可怜我没有任何应对措施，只能干等着公司革我的职啦。”石榴说着把已挑起的面条又放回了碗里，连吃饭的心思都全无。晓文指指她脸上：“所以你这大包，都是急出来的吧？瞧你那怂样儿，这就撑不住了。不经历风雨怎么见彩虹！”

晓文给石榴盛了一碗汤，放在她面前，接着给她出点子：

“你就是太老实，公司不给你，你不会去要，去抢啊？你现在是带领团队往前冒险冲，可不能是坐以待毙的主儿。”

石榴转动着手中的水杯，恰巧服务生来上菜，汤汁溅到了袖子上，赶紧抓起餐巾纸擦拭起来，石榴也无心为难服务员，挥挥手让那人走了。

“看看，人要倒霉喝凉水都塞牙缝！”

“才几天不见，你这都偃旗息鼓啦，别介呀，这才哪到哪呀！来，喝碗汤，给你鼓鼓劲儿。”

“我在美国的时候，听到 Tony 在酒店管理上教他儿子的几条，大概是要有创新精神，要有不怕输的冒险心……对，最重要的是，你要有一位导师！”

“你说导师？管理部门还要像洛飞他们上学那样找个导师？心灵鸡汤吗？”

“他说的不是那个学校导师，他的意思是……比如说吧，Tony 就好比是他儿子的导师，这你明白了吧。”

说实话，石榴没听明白，也不知道自己的导师在哪儿？会不会出现？她真恨不得自己退回做项目时的状态，有明确的授权，团队达成的目标，人际关系融洽，也没有那么多需要精打细算的地方，哎……

一连两个月就这样在毫无起色中度过了。公司安排她出差去外地做项目策划。两天的会期，石榴都是与集团高级总裁助理陈大同分为一组。起初，俩人之间没有任何对话，石榴觉得陈大同有点自命不凡、瞧不上她的样子。第一天下午的小组竞谈后，陈大同才愿意搭理石榴。

“其实，你工作起来比平时看上去聪明。”

“谢谢，我觉得你表扬人的方式不怎么聪明！”

陈大同撇嘴不以为然地笑了笑。

“这个项目策划要是你做，你从哪个角度开始？”

“我不会简单做这个项目，我会把它跟品牌建设组合搭建，作为配套项目实施，既建设了品牌，又丰富了外延内涵。”

陈大同皱了皱眉毛：“Good idea！”

“不过，你管理部门也像做项目这样得心应手吗？你部门最近管得咋样？”

石榴一听到部门管理，满脸拧巴着，像是写满了“一言难尽”四个大字。

“说实话，我真不明白公司为什么把这么重要的职位给你，没有多少可分享的资源，背后也没有多少资金，还有，你学历……学历实在不高。”

这个人说话分分钟都有把人噎死的能耐，石榴估计再听下去准得背过气去。她深吸一口气，不打算再理他。没想到接下来陈大同却开始了一下午的“滔滔不绝”式的部门管理技巧的“传授”。

那两天，除了开会，石榴都在向陈大同学习如何管理部门，陈大同给她讲了“软权力”和“硬权力”的区别，他鼓励石榴要想成就项目品牌，必须首先把自己打造成一个行业品牌，做到屹立不倒的精品项目，所谓将帅无能，累死三军就是这个道理；管理中不能全部都是女性的细腻那一套，要适当增添“狼”性；要去主动找项目，跨行业寻求支持，创建具有特色的项目品牌，不能等项目。

在听了陈大同的传授后，石榴意识到她存在一个最大的问题：角色没转换过来。尽管陈大同很“毒舌”，但石榴不得不承认，他，也许正是她要找的“导师”，不是也许，就是！

第四十章　安哥拉项目

如果说石榴在两个月前可以走马上任当上事业部经理，是一种老天的眷顾和幸运，那么接下来就不能只靠蛮干和“拼”来赢得多方面的信任和支持了。陈大同虽然乐意为自己出谋划策，为今后石榴的工作提供了很多未来努力方向的建议，但石榴从陈大同的言辞中听到了一个不满声音：她文化水平低，不足以担当重任。

这其实一直是石榴一个软肋，从她走向师范学校时就已经存在了，以至于她听说洛飞、宁婷婷、管鹏接到大学录取通知书时，她宁可把自己“藏起来”，不愿意面对。但人生就是这么凑巧，她不愿意让石榴就此留在安城，又给予了她一次可施展自己的机会：走进首都，投入教育培训事业。

石榴意识到：她这点能耐远不能继续支持她在这样一个竞争云集、人才辈出的大都市、大公司侥幸生存！学习、再教育迫在眉睫！在信息爆棚、互联网高度发达的社会，自己如果还是故步自封、自怨自艾，前面将是一个死胡同在等着她。她觉得“导师”还真是一个灵魂的唤醒者，她对洛飞说，她很庆幸自己在出差时，结识了陈大同，有这样一位同公司的“导师”为自己指引前进的方向。

“看得出来，你对培训教育很有热情，那句话‘兴趣才是最好的老师’绝对是真理。”洛飞很高兴石榴找到了新的工作方向。

“洛飞，我本来就很喜欢当老师，在与不同的人群进行交流时，特别是孩子们，我有一种成就感，还有我特别快乐。”

洛飞看着石榴在谈及自己的事业时那种从心底冒出来的喜欢时，他真的替石榴高兴，他爱这样自信满满的她。

最近，院里面临工作岗位重新调整，面对兴奋和激动不已的石榴，洛飞欲言又止，想了想还是告诉了石榴。

“院里接了安哥拉的项目，鼓励年轻骨干都参与。郭晓宇和林沫儿这俩人带头响应，已经报了名。”

石榴当时正咬一口苹果，瞬间苹果不但没咽下去，还呛得咳嗽起来。

“咳咳咳……”

“你没事吧，赶紧喝口水咽下去，慢点吃，没人跟你抢。”洛飞边给石榴喂水，边给她拍拍背。

“……咳……你要去安哥拉吗？咳咳……安……在……在哪？”

洛飞看到石榴的眼神，忍不住乐了。他站起来，从桌边走到窗边，看着远处正在建起的高楼，若有所思地说了句：

“设计师最喜欢看到自己设计的作品施工建设好，有一种青史留名的自豪感。”

石榴不咳嗽了，但也不敢去看洛飞的眼睛，她生怕从他眼睛里看到某个决定，那一刻，她才知道，什么部门，什么团队，什么事业，都不及眼前这个男人一个决定或是一句鼓励更重要。

“看你吓得傻乎乎的样子，知道吗？我最不愿意看到你害怕的样子，放心，我不去非洲，一去要两三年，小爷万一在那找一个黑人部落公主成了亲，再当个酋长的，这也不好对吧？”

“你有没有正形，就烦你这样！你去找啊！”说着，拿起桌上一只玩偶冲洛飞扔过去，洛飞一闪，做个鬼脸，躲过去了。

“没听人常说吗？人丑就要多读书！还说自己是酋长，洛飞，你要多读书哦。”

“小爷我风流倜傥，一表人才，我就是金庸笔下的乔峰再世！”

洛飞转过头来，继续望着窗外，用小到只有自己才能听到的声音叨咕了一句：

“其实我是舍不得你！”

第四十一章　雨中闹别扭

“Tony 病了，我订了明天最早一班飞机。”晓文电话里跟石榴告别。

“他怎么了？严重吗？你什么时候再回来。”石榴很不舍得晓文离开。

“年龄大了，毛病就多了。他跟前面俩老婆生了仨姑娘一个儿子，没一个省心的。我这趟估计得多待些日子。毕竟……一日夫妻百日恩，再说，他对我挺好的。”

“明天早上我去送你，上午正好没什么事。”

“不用，你忙你的。我就是想交代你，你跟洛飞也都老大不小了，别老漂着了，差不多就结了吧。人洛飞一表人才，又难得对你死心塌地。”

“我也不差啊，你倒像他的同学。我明天送你，就这么说定了。”

“真不用，我不喜欢被人送，我回来你去接我吧。石榴，我说真的。等你结婚我肯定飞回来喝喜酒。真的，不开玩笑，你抓点紧，别老忙你那点工作上的破事……”

晓文飞回美国了。

石榴就像上了弦的发条，平时上班，周末在大学还报了艺术教育培训管理者交流班，偶尔还去论坛听听有关教育培训方面国家的最新政策和同行之间的经验交流。倒是认识了圈子里一些“校长”，特别是青少年艺术教育培训领域的一些“成功人士”，通过听他们的演讲，与他们近距离的交流互动，石榴才真正认识到了提升品牌、引领行业的意义所在。近半年多不同场合的学习、倾听、交流，石榴终于“上道了”。特别是与行业内几位小有名气，在艺术教育方面已有显著成绩的机构达成了合作。

针对近年来甚嚣尘上的“出国热”，石榴想在对外文化交流方面做成几个项目。她跟晓文通了电话，让她在美国了解一下有没有相关学校可以合作，她想作为一个新的品牌培训项目在公司立项。

“现在假期出国考察、出访的青少年团越来越多，你这个点子不错，就看具体怎样操作，有哪个合作点可以做大。我去联系一下洛杉矶的学校，看看有没有愿意合作的？”

“虽然大家都是找机会让孩子出国旅游，但如果出国旅游不仅仅是游玩，还能形成学习和与当地政府和学校的深层次交流，那我们办得就会有特色。”石榴在这方面已然酝酿一段时间了。

“如果这方面有市场，我可以劝Tony投一部分资金。石榴，有没有想过自己出来干？我觉得你可以试试！”

“我还是别做梦了，当老板忒费心了，踏踏实实打好这份工吧。”

业务多了，石榴出差也就多起来，她跟洛飞各自出差，一个月下来，见面也就两三次。

这天中午，因大雨石榴在广州机场飞机延误，三个小时后才登上飞机。到了北京天已经黑了。外面恰逢又下起了大雨。滂沱大雨中，打出租车的人已排起了“找不到头在哪儿”的长长队伍，石榴站在机场出口处，正在发愁是排队等着打车还是去坐大巴时，抬头看见杜天锋正好走过来。

“石榴，刚出差回来？”

“杜总，去广州跟那边分公司开了个碰头会。杜总您也刚到北京？”

“刚落地。走吧，老张在外面接我，一块送你吧。”

杜天锋好像根本没有征求她意见的意思，已经径直往“到达厅”

的大门走去。

“杜总，我还是……”石榴估计杜天锋根本就听不到她说的，索性拉起行李，一路小跑跟在后面。

车上，石榴坐在副驾驶位置，很发愁要不要跟老板聊点什么，但左思右想又不知道该聊点什么。

刚在脑子里想好，要把自己部门这半年取得的业绩趁机好好向老板“表表功”，不巧，电话这时响起来了。迎面就是洛飞焦急又生气的怒声：

“喂，你总算开机了，我打你电话一直关机，你在广州还是到北京了？”

“我到北京了，飞机延误，刚才忘了开机。”

“哦，那就好，你声音那么小，在哪呢？”

“我回去打给你，马上就到家了。”

“喂……”洛飞听到电话里传出“嘟嘟……”的声音，显然石榴挂断了电话。

一辆黑色商务奔驰停在石榴住的单元楼门口，司机打着伞给石榴开了车门，石榴刚要下车，坐在车后排的杜天锋笑吟吟地开口了：

“石榴，除了刚才讲的，你其他方面的努力我也一直看在眼里，好好干，有什么不懂的就请教陈大同。”说完，伸出手拍了拍石榴的左肩。

石榴不禁疑惑杜总为什么让她请教陈大同，他怎么知道她跟陈大同私下有联系呢？

“难道陈大同愿意指导我，是杜总授意的？”正当石榴满脑子疑问，拉着箱子往电梯走时，身后传来洛飞叫她的声音。

洛飞虽然手里拿着伞，但浑身已经淋透了，看得出来，他在外面已经站了很久。

“刚才打电话时，他就在雨里等着我吧。”石榴看着浑身已湿透了的洛飞，赶紧从背包里抽出纸巾，想要给洛飞擦擦脸上的雨水，不想，洛飞一把甩开了她的手。

“挂我电话，就因为坐那辆大奔回来的吧。”

看着洛飞满脸的怒气，石榴估计是他等了自己几个小时，又被雨淋透了，正生气呢，赶紧解释：

“那是我们杜总，在机场碰到了，顺路送我回来……”

“杜总，瞧你叫得亲切的。”

从没见洛飞这样，石榴估计洛飞是等她等着急了，强压着脾气继续说：

“洛飞，先上楼擦擦头发，淋了这么多雨别感冒了。”

“我的样子很落魄吧，当然不比做奔驰的那么潇洒。”

还没等石榴说话，梁洛飞已转头冲进雨中，石榴想喊洛飞回来，可洛飞连雨伞都没撑开就头也不回地消失在滂沱大雨中。

第四十二章　我们结婚吧

回到家里，石榴也没心情换衣服，湿乎乎的衣服黏在身上，一屁股坐在凳子上，看着外面越下越大的雨，不禁担心起来：

“下这么大雨，跟我闹什么劲儿！”

看看手机，像静止般，没有电话、没有短信。石榴胡乱拧了拧袖口的水滴，才想起把身上的背包卸下来。

叹了口气，石榴还是拿起手机给洛飞拨了出去。

“嘟……”一直处于无人接听状态。

石榴忍不住又拨打了一遍，在响到第四遍的时候，石榴干脆关了手机，把手机以抛物线模式扔到了床上。那一夜，雨声“滴答滴答……”在窗户上拍打个不停，石榴隔一会就拿出床边的手机瞅瞅，越看越烦，几乎一夜无眠。

本来就没休息好，洛飞也一直没联系上，第二天恰好公司又发生了不愉快的事情。

原来，她让部门的范重去报销差旅费，财务起初以单据没贴全来搪塞小范，后来按照财务要求，单据整齐了，财务出纳又说主管副总裁没人签字，小范又先让石榴改签好，再次拿到副总那，好不容易等了半天签好字后，心想着这次按财务出纳要求，应该可以过关了。站在财务主管门外等着报销完赶紧回去交差，却看到财务出纳林陶儿又拿着那几张单子走出来了，一脸严肃地说：

“主管说，报销理由不符合规定，不予报销。”

“啥？不符合规定，你们这……”范重本来想说她存心找事，又怕祸从嘴出，把后半句咽了回去。拿着那摞单子悻悻地走回部门。

往石榴桌上一放，大致跟石榴说了财务不给报的经过。石榴一上午脑子懵懵的，本来小范让他重签几个字，她就心里拱着火呢。听了小范这么一说，石榴噌一下子站起来，抓起那几张单子直奔财务“杀过去”。

财务主管张美丽正在跟公司同事煲电话粥。

“石经理？她以为自己是谁？才来几天呢，一天到晚趾高气扬不理人那样，我刚才把她报销单退回去了。”

“当然退回去了，看她能怎么……”

还没等张美丽话落地，石榴已推门而进。

“啪！”把单子摔在张美丽办公桌上。直视着对方没说话。

张美丽似乎也没被石榴唬着，不紧不慢挂断了电话，慢悠悠拿起单子。

“噢，因为这报销单子的事呀。石经理，我特想给你报销，不过，这科目不符呀！你说怎么办，我也不能违反规定，是不是？”张美丽极尽狡辩。

石榴一路上走过来，早已是有备而来。

“张主管，杜总让我现在去汇报下一个海外项目策划的过程，正要出门，就听说我不能报销的事情，我正好拿去一块问问杜总，这事该怎么办？”

说完，石榴故意“叹口气”，伸手准备拿起桌上那几张单据，手刚碰到单据，说时迟那时快，张美丽一把按住单子，180 度大换脸，笑得跟枝花一样。

“我又想了一下，还是有科目可以报销的，林陶儿，进来一下。”

小范已经接到林陶儿电话，去财务的路上，跟石榴碰了个正着儿，石榴一脸严肃走过范重身边。说实话，从那时那刻起，范重才意识到眼前这个领导平时外表温顺似猫，发起火来简直是一头母狮，自此，财务再没敢找茬儿故意不给石榴部门报销了。

虽然打赢了仗，石榴一点胜利的喜悦都没有，她此时脑子里全都是洛飞有没有给自己打电话，他的气消了没有。

一连四天过去了，洛飞杳无音信。

要不是管鹏问石榴："你俩是不是闹别扭了？"石榴都不知道洛飞因为淋雨发烧转为肺炎已经住院两天了。

石榴一路狂奔，慌了神儿般冲到医院病房，她懊恼自己为啥不主动给洛飞打几个电话，连男朋友发烧住院了都不知道。

当隔着病房玻璃窗口看到那个熟悉的美丽倩影坐在洛飞床边给他削苹果时，石榴一下子浇熄了刚才的担心和懊悔。

"我说嘛，不给我打电话，原来人家有佳人陪伴！"

她故意把门重重推开，房门撞到墙上反弹回来的声音吸引了屋里所有人的目光。石榴才注意到，病房里除了夏琳，还有郭晓宇和林沫儿。石榴闹了个大红脸，庆幸自己刚才忍着脾气没发作出来。

"石榴姐，你来了。那……洛飞，你好好休息，我们改天再来看你。"夏琳看到石榴进来赶紧站起来就要走。

病房里只剩下洛飞和石榴面面相觑，石榴盯着洛飞看，除了脸色略有点苍白外恢复得差不多了。洛飞也不看石榴，故意拿起桌上削好的苹果"嘎巴嘎巴"咬出响声。石榴懒得理他，拿起床下的盆，从枕头边把脏衣服收拾一团，去水房洗衣服去了。洛飞站在病房门口，盯着水房的方向一直张望着。看到石榴从水房返回的身影时，箭一般跳到床上佯装睡着了。

石榴都看到了眼里，看着床上硕大的体格趴在那里，嘟囔了一句：

“黑猩猩也能病倒呢！既然待在这里也不招人待见，我就先走了。反正人家也会有佳人来陪！”

说着拿起包就走到了门口，说时迟那时快，只见床上的洛飞一跃而起，一下子从后面拦腰抱住了她，石榴怕被过往的人看见，想挣脱。不想洛飞抱得更紧了。

“石榴，我们结婚吧。”

第四十三章　忙过头了

结婚的事情虽然是俩人的事情，准备起来可就没那么容易了。洛飞先是跟院里申请了租房，按规定院里职工只要是打算结婚的都可以先暂租院里一套公租房，说是租，也就是适当交点房租。本来特简单一件事，结果梁洛飞摊上了，也就麻烦了。他去院里的后勤房管科交申请表，正好遇到院里主管人事的丁书记检查工作。

“洛飞在这办事？”丁书记看到洛飞，满脸堆笑，主动上去问候。

“丁书记，我来交一张结婚租房申请单。”说着把申请单递给丁书记。

“洛飞要结婚啦，恭喜，恭喜……我看看。”

洛飞一边递给了丁书记，一边不好意思地说：

“等领证了给您送喜糖和喜烟。”

“对，一定得发喜糖，那会儿我还当你跟夏琳……你看，是吧……时间真快！你毕业来院里都三年了吧。”

……

没过几天，洛飞填的申请表被退了回来，说是从今年起，院里政策改了，租房要特别照顾一批对院里有特别贡献的和业绩显著的青年骨干，租房申请要院党委会通过才行。结果就是，洛飞的申请没在院党委会通过。

洛飞总觉得这里面不对，“难道是……”

“可能个屁呀，就是！谁不知道丁书记好面子，心眼小，睚眦必报。咱刚来院里时，那台迎新晚会上你当众没给他台阶下，兄弟当时心里就替你捏把汗，看！沟在这等你呢吧。”

“这也太小人了吧！”

“你这还不算最惨的，那天沫儿说她们所里一哥们没按照丁书记的安排去客户那加班，这回直接给扔非洲干活去了，你还算幸运吧。”

“不租就不租吧，我再想辙。对了，你跟林沫儿定了出发时间了吗？”洛飞说着撕了那张申请表，扔进了桌子下的纸篓里。

“啊，你真撕啦！”郭晓宇差点儿喷出一口水，“噢，下个月……你别放弃呀……”

“我打算好了，在东郊先付个首付买套小房子，以后，院里排队分房再换大点儿的。”

“哥们要放大招呀，那你上班可远点儿？”

“先紧着石榴，她近就行，虽然房子不大钱也不少付，以后还得不少月供！”

“哎，听院里老人说，不少人都接私活，你打听打听，兴许能多挣点儿。”郭晓宇替洛飞出主意。

洛飞从凳子上站起来伸了个懒腰，拿起桌上卷好的图扔给郭晓宇，黝黑的脸上露出一双惺忪的睡眼。

“昨晚上为了改这张图，我只睡了仨小时！再干私活哥们我就真废了。”

“晓宇，你看完记得让夏琳给所头儿。昨晚上电话还跟催命似的，早上来了倒不急着要了，我先找地方眯会儿去。”

周末的进修辅导班，石榴参加了多次班里的课程体验，有班里“成功人士”的教育示范基地观摩，也有外地资深教育机构的互访互学。学习人家各式素质教育，倒是开拓了思路。陈大同说她“上道了”，鼓励她深入互访互学，跨越发展，对自己所从事的工作将会大有裨益。

洛飞几回叫她去看看房子，该怎么装修，买什么家具，石榴都没顾上。其实，洛飞都设计得差不多了，最后还是石英集训空档陪洛飞去的建材市场,又找好了装修公司。连石英都觉得石榴有点“忙过头了”。

第四十四章　矛盾升级

石榴隔三差五出差，装修房子的事情也只能洛飞一个人忙。偶尔石英在集训空隙过来帮洛飞去建材市场买买材料。随着奥运会开幕时间越来越近，石英集训越来越紧张，几乎没任何外出机会了。好不容易石榴有一周可以留在北京不外出，她主动揽下厨房设计的事情，趁此机会，好好弥补一下自己在婚房装修上的怠慢。

在网上查了一家一体化橱柜装修公司，预约了设计师第二天上门量尺寸。石榴那天本来没啥安排，上午处理了些事，正要出门，接到陈大同电话通知：杜总十分钟后要召开中层临时会。眼瞅着约好的时间到了，正想要不要去请个假，这时陈大同推门进来，劈头就来一句：

“你谱够大呀，让杜总和其他人就等你一人，要我专程来请。”

“大同，我想……”

“想啥都一会再提，赶紧，急茬儿。”

石榴看这情形，连电话都顾不上打，赶紧在桌子上抓起笔记本，跟在陈大同后面悄悄地进了会议室。本想坐在会议室墙角，逮机会看能不能溜了。刚踮着高跟鞋坐定，拿出手机想给设计师发个短信。

“后面的人往前坐，石榴，别坐角上，我边上位置空着。”杜总点了她名。

“真是屋漏偏逢连夜雨的劲头！这我哪能溜呐？”众目睽睽下，石榴硬着头皮坐到杜总旁边。

约好的时间到了，设计师的电话打了过来，石榴的手机“嗡嗡”振动着，会议室里其他人都看向石榴，她赶紧调在了静音状态，紧接着洛飞又打了过来，石榴捏着手机，不敢接，又不愿意按“挂断”键，会上讲什么也没顾上听，洛飞电话一直在“振动”着，石榴抓住一位副总跟杜总商量事的机会，赶紧给洛飞发了“开会”俩字的短信，发完后电话终于平静了。至此，石榴才踏实下来，尽管如此，她也根本是心不在焉，真后悔答应揽下装厨房这事情。听也听不进去，杜总坐旁边也不能走神太明显，石榴假装在本上划道道。

好不容易熬到会议结束，杜总又点了石榴、陈大同，还有几个人留下来。

“晚上，我约了市里负责对外合作的几位领导，你们都参加，听听对我们今年工作计划有帮助的着眼点。好吧，下午准备准备。”

石榴在其他人都离开后，喊住陈大同。

“晚上我请个假，家里有点事。”

“看你刚才心不在焉，开会时也跟丢了魂一样。啥事？”

“这两天我家装修，本身出差就没帮上忙，今天本来我答应了要去新房装橱柜的，也没走成。”石榴语气有点沮丧。

“我好心劝你噢，晚上这顿饭对你那个海外推广有很大帮助，你要不去先不说杜总答不答应，我都觉得不去肯定损失大。”陈大同否定了她晚上请假的念头。

石榴用手扇扇风，七月的天气虽然是在空调房里，但她已出了一头汗。穿着的棉质短袖衫后背已经湿了一片。

“这么吧，大同，我下午请半天假，把家里事情安排一下就过去。”既然晚上不能请假，那就下午赶紧“负荆请罪”。

等石榴打车赶到新房那里，洛飞陪着设计师已量完尺寸，设计方案也刚定了。洛飞送走设计师，迎面碰到赶回来的石榴。楼道口只看了她一眼，就往里走。

等上了楼，石榴打量了一圈新房，一室一厅，面积不大，但经过洛飞精心设计，反倒觉得“麻雀虽小，五脏齐全”，基本上都装到位了。石榴细细打量细节，好几处颜色和装饰都是洛飞和她在电话里商量时，洛飞按照她的喜好安排的。

她更觉得惭愧了，臊眉耷眼地站在那也不敢吭气，等着洛飞“教训”。很久，也没见洛飞理他。洛飞拿了改锥正在那鼓捣窗户上的开关，她赶紧拿起工具箱在旁边举着“伺候”。

“要锤子吗？”石榴殷勤地琢磨洛飞下一个动作，赶紧拿好要用的工具。

“钳子！”洛飞终于吭声了。

“嗯，给你钳子。”石榴赶紧递上。

刚递上去，就被洛飞扔回工具箱，“这哪是钳子，这是扳手！”

石榴笨拙地翻腾，使劲回忆自己印象中钳子的样子，在工具箱里来回找，一会就大汗淋漓，洛飞手撑着窗户正等着用。

“看你那笨样，啥也不会。娶你当媳妇我算赔啦。”

石榴知道洛飞故意找茬，所以只能受着，毕竟上午自己有错。

“我虽然笨但能培训出来。”

洛飞本来还绷着脸，想晾一晾石榴，一句话没忍住，乐了……

俩人好不容易把房子里的窗户都整修、拧了一遍，接下来又把卫生间收拾了，这一下午，加上天气有点闷热，汗湿了一身又一身。在卫生间简单擦洗了擦洗。

“晚上想吃点什么，胡同口新开了一家烧烤店，去试试？”洛飞已经气消了。

石榴一直没好意思提晚上饭局的事情，这下终于有机会了。

“洛飞，晚上杜总约了市里对外宣传的领导，让我们几个人一块去听听，我本来想不去，可……”

洛飞刚擦了把脸，正满脸嬉笑着要给石榴一块擦擦，手放在空中，又缩了回去。脸顿时恢复了“乌云”一片。

“别生气呀，洛飞，我这不也是没办法，谁让老板发话了呢！”

“石榴，你这几个月连轴转，有没有想到过我，你老公我一个人忙前忙后，就想给你一个温馨舒适的家……我倒没在乎你顾不上装修这点事。我就是想我俩能多待会儿，我不想我老婆忙得连面都见不着。”洛飞觉得是时候和石榴谈谈了。

“不会，我最近出差都是因为跟别的电视台合办活动的事情，等活动办完第一期，就不那么忙了。今天，不是杜总点名让……”

“杜总，杜总，他谁啊！反正今天不行。”洛飞本来想跟石榴好好谈谈，但一提到杜总，洛飞觉得空气都稀薄了。

“你以为我是老总呢，人家杜总都……”石榴马上意识到洛飞的脸更难看了，不敢再提杜总，“也不是我一人，陈大同他们也去。”石榴搬出陈大同这个救兵，证明自己真的无可奈何。

洛飞闷闷不乐，把手里擦脸的毛巾重重扔在水盆里，去卧室找“事”忙去了。石榴看洛飞这样，她自己也不愉快，待了一会还是跟去了房间，洛飞自顾自拧着墙上的插座，还在生闷气。

石榴看看表，简单收拾了一下，眼看吃饭时间快赶不上了，拿起背包往外走。刚犹豫要不要跟里屋的洛飞应一声，抬头一看洛飞坐在客厅椅子上正看着她。

“我，我……吃完饭早点回来，给你打电话。”

“你今天去了，就别给我电话了。”洛飞说完，屋里一片安静，静的算是一根针掉地上也能听见。

刚打算拧门把手的石榴愣了一下，回过头望向洛飞，洛飞说完并没有看向她，而是又蹲下来接着鼓捣电线盒。

“洛飞，你是说我今天去吃了这顿饭，你就……”

石榴等着洛飞纠正她的听力，她肯定听错了。

“我就是想看看，我，还有那位杜总，谁在你心目中更重要！”洛飞甩开手里的工具，大声喊道。

第四十五章　分手

“洛飞，咱能不耍小孩脾气好吗？为了晚上吃饭的事情，我特地下午请了假回来陪你。”石榴觉得洛飞有点不像平日里的样子，故意找茬。

“你以为我耍脾气？我从上次看见那个杜总送你回来，就看出你心思啦。成功男士嘛，是吧，比我这小建筑师强啊！”

“你胡说什么呢？我不就是正常工作，吃个饭，你至于小心眼，还给我乱扣帽子。杜总……我从小公司来到汇天，到今天的发展有多不容易，你不是不知道。”

“别说那么多，说来说去你就是想去陪人家吃饭！那你想好了！”洛飞眉头紧皱，盯着地，不看石榴。

石榴本就是个倔脾气，看见洛飞今天十足的不讲理架势，咬咬牙，拉开门头也不回地走出去了。刚出门，就听见里面“哗啦啦”一阵巨响，好似是玻璃器皿摔在地上的响声，一时间石榴被吓住了，心里“咚咚咚”一直敲着鼓。俩人莫名其妙的吵架，让她很沮丧。石榴难过地流下了眼泪，思忖了半天，还是迈开了脚步继续走向电梯。

晚上，一桌子的饭，一桌子客人，石榴一直在微笑着，为的是掩饰住内心那种“期盼”，那种莫名的“委屈”。刚送走了几位“贵宾”，石榴匆匆拿起电话，静音状态，但除了几条垃圾短信外没有未接来电。

“他还较上劲了？我又没错！”石榴想归想，但心里一直期盼电话能响，反复拿出手机看，最后以至于委屈到了极限。

晚饭后，杜总顺道要送她和陈大同，搁平时，石榴一定推辞，恰好遇上当天心情错综复杂，连客套话也没心思说，跟着陈大同就上了商务车的后座。不时从包里拿出手机看看，依然没有电话，最后干脆把手机关了机，将包重重摔在了一边。杜总和陈大同正饶有兴致地聊着今晚的饭局收获，听到响声不约而同看向石榴。石榴这才发现自己失了态，赶紧坐正了。

石榴先下车，匆匆跟车上众人告别后，下了车朝楼内走去。

“石榴，包忘了！”

石榴回头的功夫，杜天锋已大步流星走到她面前，把包递给她。石榴道了谢，正欲转身，听见杜天锋开口说：

“看你今天心事重重，有需要帮助的尽管提，我不但是你老板，更是朋友。”

说完又拍了拍石榴肩膀。石榴目送着杜总上了车，又挥了挥手。脸上还带着未褪去的笑容，转身正想往里走，突然看到洛飞正蹲在楼道的门厅处。洛飞的起身惊动了“感应灯”，顿时灯光白昼般照在石榴和洛飞的脸上，半晌，洛飞盯着着石榴，一句话不说。石榴想解释一下刚才杜总说的话和送她回来这事，话到嘴边，她又觉得没什么好解释的，身正不怕影子斜，动了动嘴唇，还是没张开口。

“分手吧。”洛飞薄薄的嘴唇中说出了这句话。

第四十六章　从她的世界彻底消失

石榴想喊住洛飞，想像平时那样走过去拉住洛飞的胳膊，撒撒娇、耍耍赖。她想要抬腿走过去，但是身体却沉重得挪不动步子。她又想笑出来：“黑猩猩，胡开玩笑，我可真生气了啊。”她还想冲上去，质问他：“我到底犯哪条家规国法了，要跟我提分手，就因为我去陪老总吃了顿饭？”然而，她只是怔怔地站在原处，任由自己脑子里浮想联翩，恍惚中怎么也拉不住思绪，只觉得嗓子眼里堵堵的，鼻子里囔囔的，哭又哭不出来，她努力让自己看向洛飞离开的方向，也只看到外面一片漆黑的夜。

接下来的两天，石榴确确实实地感觉到了洛飞真的从她的世界消失了，短信、电话……一点痕迹都没留下。

心情就像晴雨表，雾蒙蒙的恨不得挤出水来。有时候全世界都看似明白的道理却恰恰讲不出来，理不出来。石榴并没有幸运如天之骄子，没有豪华玉锦的配饰，也没有遥不可及的达贵，她却偏偏自恃清高，幸福得足以把全世界压在脚底。唯一存在的是石榴有一份大多数人不可企及的爱……忽然间，没有了，那个本就不稳定的自垒情感帐篷轰然倒地，让她辨不清方向，猜不到实处。她是幸福的，恰恰，她也是可怜的……

石榴照样去上班、下班，但犹如一具行走的躯壳，只是在游荡，灵魂已经无处安放。回到住处，直接往床上一坐，也不出去，表面看似像往常一般该上班上班，该吃吃该喝喝，但是熟悉的人肯定觉出了端倪。

最先，王芯觉出了不对劲。

“石榴，发生了什么事吗？”王芯连日来都觉得石榴一反常态，也不见她聊天，常常一个人发呆，杯子里是空的也举着杯子往嘴边递……

“没事，王姐，我很好。”石榴极力掩饰着情绪。

“这两天没见着洛飞，出差了？你们房子装好了吧？”

石榴本打算返回房间，听见提洛飞的名字，她像触电一般，连日里压在心底的那股委屈一时间汇聚成池，石榴回头看向王芯：“分手了。”说出这三个字她时已泣不成声。

那天，王芯陪了她整晚上，尽管石榴后来一个字都没再说。就是呆呆地坐在床上，看着床单的某处，王芯偶尔给她递上一杯水，她只是端着，也没动一口。直到坐累了，才侧躺到床上，微闭上眼睛。王芯一直在旁边守着，看她慢慢困了，闭上了眼睛，像是睡着了，才悄悄起身，把灯关了，门闭上。“又是一个被情伤到，无处安放的女人。”王芯关上门后深叹一口气，自言自语道。

半个月过去了，洛飞已经在石榴生活中足足消失了半个月！当石榴走到公交车站，看到一对情侣正在那里彼此推让着两份早餐，这一幕她多么熟悉，洛飞不止一次怕她加班不吃饭，特地买好饭在楼下等她下班。不管天气多冷多热，总有洛飞在意她……这一幕幕，就像电影一般，这半个月来频繁在她脑海里播放，走到哪里，都会出现俩人过去的情景，她越是想遗忘，那些甜蜜影像越是清晰……不知道哪里来的勇气，她一瞬间下决心做出决定：以前生气了都是洛飞来哄她，这一次我要去哄他……来不及等到车到站，她喊道：

“我要下车，师傅，帮我开开门，我有急事！”

“姑娘，再急的事情也要等到站！”司机师傅继续开着车。

“我真的有急事，我……我丢了东西。”石榴一边喊一边哭出声来。然而，公交车继续驰骋着，奥运会期间，尽管是上下班高峰期，北京的交通难得的行驶畅通。

直到下一站，石榴才冲下公交车，一边抹着眼泪，一边在马路上飞奔着，往最近的地铁站赶去，她恨不得下一秒就看到洛飞如往常般揽她入怀，爱抚般捉弄她：

“看把你吓得，逗你玩的。”

来到洛飞所在的建筑设计院门口，石榴拿起手机迟疑着要不要拨打洛飞的电话，正犹豫着，迎面走过来两个人。

“你是，你是石榴吧？上次还一块去密云钓过鱼。”个高的人开口道。

“哦，我来找洛飞，麻烦您帮我喊一下他。”石榴一时没认出对方在哪见过，应该是洛飞一个所里的。

来人中的高个子上下打量着石榴，好像突然明白点儿什么，尴尬地看着石榴，不知道该怎么说了，摸摸鼻子，不好意思地说了句：

“洛飞不久前主动申请去了非洲，在那完成当地的建筑设计，你，不会不知道，吧？”

石榴懵了，将信将疑看着眼前的这俩人，他们不像是跟自己开玩笑。

“梁洛飞的送行饭我还去吃了，昨天动身的。对了，听说夏工也跟院里报了申请，等着签证……”矮个子还想说，被旁边的高个子用胳膊肘碰了碰，示意他别再说了。

俩人走进院里，高个子回头看了看站在原处的石榴，侧身跟低个子耳语道：

“她是梁洛飞女朋友，你没看出来问题吗？还说夏琳的事情！”

“我也不知道呀，真是，嘴长！”低个子也回望了一眼还站在那儿的石榴。

这一切来得是那么突然，犹如一场雨，越下越大，最后，大得竟要把屋子淋塌了，最令人啼笑皆非的是，屋里的人还以为只是掉了小雨滴，补补就好了……

第四十七章　你一定要幸福

石榴只记得自己脑子里空白一片，晃晃悠悠走在炙热的太阳下，她觉得自己很可笑，可笑到恍惚觉得路人都在冲着她乐，她忘了自己这是来干吗了？她越想越想笑，竟“哈哈哈……”笑出声了。

“姑娘，快回来，回来……”她听见身后有人在喊她，转身看到马路对面穿着黄色T恤的大妈好像使劲在冲她挥动着小旗。

“她是在叫我吗？干嘛叫我呢？”石榴不想理会别的，想赶快离开这里，回到家里睡一觉就都过去了，她转身继续往前走。

“为什么车都在按喇叭呢？”石榴觉得今天的人行道为什么这么堵？一辆辆车堆叠起来，看着都是扭曲的。

“看来人倒霉连走路都走不通！”石榴越想好好走路，越是走不好的样子。

“找死呢？没看见红灯呀？”一辆汽车停在石榴身后，里面的司机摇下车窗户破口大骂。

石榴反应过来时，发现自己已经站在了大马路上一堆汽车的中间，四面八方喇叭响成一片。

“真吵！”石榴下意识想捂耳朵，抬起头想看看太阳的位置在哪里，哪知道抬头刚一看太阳，一道强烈的光刺过来，石榴想捂住眼睛，眼前光晕越来越强，头也越来越疼，后来的事情她都记不清了……

过了很久，她睁开眼，迷迷瞪瞪中看到一个身形酷似“洛飞”的人站在床边。

“我就知道，他不会扔下我的，我就是知道！”她想使劲抓住“洛飞”的胳膊，却发现自己没有劲儿。

“洛飞”安抚地轻轻拍着她，说自己不会走，让她好好休息，她真的好困，真的好困，终于撑不住瞌睡的眼皮，沉沉地睡了过去。

一觉醒来时，外面天已经黑了，窗帘拉着，石榴环顾四周，一片白色，确定自己在医院。使劲回忆着自己来这里之前的事情。“好像我在大马路上？撞车了？”她赶紧从头到脚摸摸自己。“没事，都在，都好着。”“洛飞去哪儿了，刚才那个人……”

门开了，进来一个人。

“洛飞？”石榴没顾上穿鞋，跳下床。

“姐，你怎么不穿鞋呀？才刚好点儿，赶紧回床上。”石英搀着发愣的石榴回到床边。

石英给石榴靠了个枕头，让她赶紧倚靠着。

“爸跟妈差点急疯了！你跟洛飞哥到底咋回事？”

“你跟爸妈说我进医院了，你……”石榴刚想责怪弟弟。

“是你进医院了，王芯姐又联系不上我，才赶紧联系了爸，你别急呀，我告诉他们你没事了，就是工作累的。”小英边说边给石榴倒水晾着。

“洛……就你在吗？没，没别人在这儿了？”石榴期盼的眼神紧盯着小英的答复。

“噢，打洛飞哥电话一直关机，也联系不上！对了，你们杜总来看过你。”小英发现姐姐眼里闪烁的一丝光暗淡了下去。

“看来他没来过，是我在幻想。”顿了顿，石榴顺了顺披散的头发，努力不让小英看见自己颓废的样子。

“我们分手了。”石榴还是忍不住哽咽了。

“为啥呀，听王芯姐说了，可我想不明白这是为啥呀？洛飞哥那么在乎你！”小英说着有点激动。

“别问了……”石榴痛苦地闭上眼睛，眼角泪光闪闪。

“不行，我得去问问梁洛飞，他凭什么？他凭什么伤我姐？”说着就要往出走。

“你去哪找他呀，他已经去非洲了！”石榴说完躺下，捂住被子，低声不断地啜泣，她觉得自己的心已经被挖空了，连一点儿渣都没剩！

……

半个月后，石榴因为业务出色，被派到旧金山的海外拓展部门工作。

上了飞机，石榴才发现杜天锋同行。

“杜总，您也去旧金山？”

“我是去度假！去看我女儿，她在洛杉矶那边读高中。”

“您女儿一直在那里读书吗？有没有人陪她？你爱人呢？”

“她妈妈一直在那边陪她，从小学就已经在那边了。”

……

一到旧金山，石榴就感到自己语言的劣势，自己几乎是傻瓜英语，看看、写写还凑合，要是说几句，就哑了！连出关的简单问题自己都答不全，石榴一度怀疑杜总为什么派自己来这洋地方，语言根本都过不了关。

“看人家杜总，说英语比说老家话还溜！好在有他在，不然啊，我连酒店都找不着。”

在办事处报到后，才知道办事处安排了她到加州大学洛杉矶分校去集训语言！无奈她只得收拾行囊，搭车去往洛杉矶集训场地。

“也是，这地方语言不通，景色再美，地方再发达，自己也行不通呀！”石榴努力让自己踏实下来。

后来才发现，她搭的是杜总的车。

车辆奔驰在一号公路上，浩瀚的大海、金色的沙滩、此起彼伏的山峦、湛蓝的天空、起伏蜿蜒的公路，组合在一起，一路风景应接不暇，尽收眼底。行驶到 Santa Barbra 附近的码头时，杜总停下车，俩人站在码头边吹吹海风。

“石榴，知道为什么这次派你来这吗？”杜总先开了口。

“杜总，公司是让我来好好学学这里的先进经验，尤其是英语学习，另外，我的英语也需要好好练习，对吗？”

“记得那天，在医院里，你拉住我胳膊，叫着‘洛飞’的名字，说自己不是想高升才拼命工作，是自卑，自己不是大学生，不愿意拉他后腿，让别人瞧不起！”说完杜总侧脸看向石榴。

“公司这么安排，想让你放松一下心情，更是提升自己的一个机会，而且，也是换换环境。”杜总说完不再看石榴，望着远方。

石榴吃了一惊，原来那天昏迷中“洛飞”真的出现过，只不过是杜总而已。瞬间她又平静下来，紧盯着海天一色的远方，海鸥成群地忽远忽近从头顶掠过，蓝色的天，蓝色的海，白色的沙，多真实的美好呀！石榴感激地朝杜总笑了笑，走向码头边上临近海的地方，迎着海风，温柔而又真实，轻轻自言自语道：

“年少的我们，曾以为相爱就能到永远，当我以为情到深处就能在一起时，你却走得那么决绝。”石榴发出长长一声叹息：“洛飞，祝你幸福！”她又双手护在嘴边，握成筒状，用尽全身力气对着天际大喊道：

“洛飞，你一定要幸福！祝你和夏琳幸福！”

石榴平静下来，她知道从此她跟那个人也只是川流人海中两个不再有任何干系的普通人。

杜天锋站在她身后，不打扰她，默默注视着与过去告别的石榴。

……

两年后，石榴跟王晓文合资办了个公司，起初，杜天锋要入股，被石榴拒绝了。不为别的，石榴从公司走时，除了陈大同和杜天锋知道她离开的真正原因，其他人都以为石榴翅膀硬了，就想高飞了，背后说她忘恩负义。其实，是家族企业的发展弊端致使海外业务发展受到阻碍，无奈之下石榴为了保住这个来之不易，有很大市场的涉外培训项目，才花掉所有积蓄硬撑着开了这家青少年文化交流公司。

公司创办之初，特别艰难，入不敷出，坚持了半年多，接了几个暑期、寒假的夏令营培训班后，渐渐有了起色。

这天，石榴接到管鹏电话，管鹏要结婚了，请石榴参加他的婚礼。

第四十八章　管鹏婚礼上

石安顺和苏红跟管鹏父母熟络的缘故，也被邀请来北京参加婚礼。

石榴在公司附近买了一个面积不大的二手房，平时就她一个人住，因为出差总往外面跑，家里从没开过火，冰箱里也没什么吃的。苏红去下面超市买了菜和肉，准备做点儿晚饭。

“你倒是抽空说说石榴，小英都结婚了，咱姑娘再窝下去就成老姑娘了。”苏红一想起单身的石榴，心头就像压着一块大石头。

“你以为我不愁呢？早知道就在安城找个人嫁了，非得来这地方，耽误了呀！”石安顺也跟着叹口气。

“我当初就不想让她来北京找那小子，你非说……”

“你消停会儿吧，说多少遍了，待会石榴回来你可别唠叨这些，咱姑娘心里苦着呢，我都知道。哎……”

眼瞅着暑期就要到了，石榴带领团队布置了一个到意大利进行青少年国际交流的活动，代表团有几百号人，吃喝拉撒睡样样得打点仔细，这是公司今年重点项目，石榴不知为这个活动熬了多少夜，开了多少会，光晓文去意大利考察现场就跑了两趟。石榴公司上上下下同事们为这次国际交流，精心策划、事无巨细地安排活动场地和活动流程。都知道在战略上这次活动对公司有非常深远的意义。石榴在公司已经连熬了一礼拜了。

周末，石榴带爸妈一起早早出了门，去参加管鹏的婚礼。刚到婚礼酒店，石榴公司就有急事催她亲自回去处理。无奈，石榴把父母放在酒店门口，赶紧给管鹏打了个电话。

“管鹏，恭喜啊！我爸妈刚进酒店大门，公司突然有急事，我快去快回，放心，处理完就赶回来。”

“我说石榴，你必须得到啊！洛飞在非洲回不来也就算了……你看我，这嘴！不提他，不提他！宁婷婷可专程拖家带口赶来了，你得到啊，我跟你说，得到啊……”

公司原先定好了意大利那边的活动场地，结果因为当地官员要参加，临时成了室内活动，不但重新设定活动内容和活动流程，连预算也得翻一倍！

别的办法也没有，石榴跟晓文商量了一下，这事本身是市里对外交流的一个窗口活动，是市里对外宣传部门给石榴公司的一个机会，如果办不好，会影响未来合作，无论多难，都得挺下去，公司就算亏损也得干。在跟晓文电话确认后，又跟公司里的人交代了细节，石榴这才急匆匆赶回婚礼酒店。

正好赶上新郎新娘交换戒指的时候，石榴望着台上的管鹏夫妇，看着披着婚纱的新娘，久久站在那，思绪不免又回到了两年前，那时已准备妥当的婚房……

“石榴，石榴，这儿……”宁婷婷从远处向她招手。

“婷婷，你来了？多会儿到的？你身体不方便，赶紧坐着，好久没见你了。”石榴怕婷婷怀着孕不方便，迎上去扶婷婷坐好。

宁婷婷轻抚着隆起的肚子，“你干儿子 5 个多月啦，最近身体越来越笨了，这死胖子像喂猪一样喂我！”婷婷一如以往地爽朗，边说边拍了一下身旁憨厚的老公董建。

“石榴，你看医生都说，孕妇吃得好，孩子才能长得好。”董建说归说，眼睛已经眯成一条缝。

“石榴，来了。”

在石榴寻着声音飘来的方向扭头时，她脸上还是带着笑的，她回头那一瞬间感觉叫她的这个声音好遥远，既熟悉又陌生。

当四目相对时，石榴脸上的表情冰住了！石榴仿佛听不到台上新郎新娘倒香槟的热闹，也听不到婷婷跟董建的嬉笑怒骂，时间就在那刻冻住了。

两年多了，两年多没见了……

“石榴姐，好久没见了！”夏琳，对，是叫夏琳，这种场合他到了又怎么能不带家眷呢！

“我们今天凌晨刚下飞机，洛飞说管鹏跟他是穿一条裤子长大的兄弟，一定得赶回来，我们就回来了，给管鹏一个大惊喜！哈哈……”夏琳与石榴似是熟人般地解释着。

石榴一下子接不上词，连客套话都顾不上。洛飞瘦了，显得个子越发高了。一旁的夏琳穿了件紫色的连衣裙，白皙的皮肤被衬托得更显得娇嫩欲滴。

“你，你们好，你没晒黑！”刚一脱口而出，石榴就后悔了，自己为什么要这么说，难道自己打听他们去了非洲的事情，真想打自己一记嘴巴。

一边的婷婷看出了石榴的尴尬，赶紧支开话题：

“管鹏真好福气，找了个这么漂亮的媳妇，瞅瞅乐得都合不拢嘴啦！”边说边拉过来石榴，指着台上的管鹏的新娘说。

大家把目光又重新转回到了台上，石榴虽然看着台上，心里像打翻了五味瓶。旁边的婷婷适时打气般捏了捏她的手，她俩眼神互相交流，石榴感谢地用手回拍了拍婷婷。

“洛飞，新娘的婚纱真漂亮，咱们结婚时我也想选这种款式，你说我穿那种样子行吗？”听得出来，夏琳在向洛飞撒娇。

石榴不想听，却发现越不想听越是听得清楚。她觉得嗓子干得不行，想抿一口水，端起杯子递到嘴边就咽下去。

“咳咳……”刚喝下去才发现是开水，烫的石榴捂着嘴咳嗽起来。

“这杯刚倒的，路上赶过来渴了吧？喝我这杯。”婷婷也听到了夏琳那句娇嗔的话，赶紧给石榴圆场，拍拍她后背。

石榴感觉特别囧，嘴被烫得火辣辣的，瞬间嘴里烫出个水泡，疼，又不能说什么，只能假装没事儿。

“石榴姐，你没事吧。哦，我跟洛飞的婚礼，你……”夏琳边说边揽住洛飞的胳膊。

“你哪只眼睛看见我比你大，我跟你有熟到叫姐的份儿上了吗？”石榴忍不住喷了夏琳一句。

满桌子顿时无声了，夏琳两眼泪汪汪的，委屈地看向洛飞，寻求帮助，洛飞轻拍夏琳，示意她别在意，又跟夏琳耳语一番，才把这位娇滴滴的美女哄得又开心起来。

石榴实在待不下去了，脑中耳边不时回想起刚才夏琳种种惺惺作态和煞有介事的样子，又没有好办法能回避。她悄悄从包里取出手机，迅速输入了几个字。刚点“发送”键没多久，电话就适时响了起来。

“杜总，等一下噢，我出去接。”站起的石榴跟婷婷打了个“出去接电话”的手势，就踮着脚跟悄悄走了出去。

石榴并不知道，洛飞一直余光看着石榴接下来要做的动作，她在桌下悄悄发短信他也猜到了，只是他猜不到她会打给杜天锋！

“石榴，你不发信息给我，我也正要找你！听说意大利的活动要追加预算？”

“杜总你消息够快的呀！看来你在我公司安插了内线，是吗？”

“这不重要，石榴，我告诉你，能靠钱解决的问题都不是问题，我这里可以保证资金问题。”

“谢谢你，杜总，虽然说谢谢太浅，我也只能这么表达了。我不能再麻烦你，资金的问题，我会自己解决。”

“都多少年朋友了，你还跟我客气。我有资金，你有项目，我们就是一场正常的生意合作，石总，给我一次机会吧？”

“杜总，真的，你相信我，以前多少次难关我都挺过去了不是吗？这次也一定相信我可以闯过这个难关！”

……

石榴实在不想回到婚礼现场去，给婷婷打了电话，自己有急事需要赶回公司，婷婷很了解石榴留下来的尴尬，便没有强求。

石榴又给爸妈打了电话，父母还要跟着管鹏爸妈去新房看看，石榴约好晚上去那里接他们。

石榴的背影渐渐远去，一直躲在角落处听着石榴打电话的洛飞才走了出来……

第四十九章 两百万的资金缺口

连日的加班、劳累，石榴倍感身心疲惫，再加上天气闷热，进进出出一会热一会冷，石榴感觉头疼得要命、胸闷恶心，心想着回去睡一觉，可事情是一件接着一件，光在会议室就待了大半天。匆匆忙忙中，让人在药店买了点药，喝下去接着开始忙。最让石榴担心的是两百万的资金缺口得赶紧解决，她联系了银行，想把自己的房子抵押了，只可惜她的房子是贷款买的，二次抵押手续复杂，而且也抵押不了多少钱。石榴到处想办法，这两天除了筹备意大利暑期活动具体细节，就是到处借钱，两百万说多不多，说少也不是小数目。

“我都想卖房子了，再说我爸妈在，哪卖得成呀！”石榴跟陈大同电话里求救。

“杜总的钱给你你不要，自己又愁成这样，你这人，忒犟，让人想不通！”

“别人不了解，你能不知道吗？我石榴成了什么人啦，我宁可借高利贷，也不能要杜总的……对呀，高利贷！”其实，说完连石榴也害怕起来，怪不得那么多人要被逼得借高利贷呢！

“石榴，我劝你别走那条路，你这是地狱无门你偏闯啊！你可别犯糊涂。”

“看把你吓的，还不至于。你倒是快帮我想想辙……”

“你试试银行‘经营贷款’这个产品，个人征信如果好，有人作担保应该可以放贷，就是时间上不知道赶不赶得上。”

“只能试试了！别的招也没了。”

……

又联系了很多家银行，都因为时间的问题被 PASS 了。

中午大家都去吃饭了，看看外面敞开的办公大厅，这个石榴辛辛苦苦、吃了不知多少苦头，跟晓文摸爬滚打组建的团队：十来口子的大家庭，除了方伟和小覃是杨姐公司就一直共事的同事兼朋友，其他像王琦、怀鹏等是从汇天跳槽跟着她一起过来的，再有就是像小楠这样新招聘的，来自五湖四海、多是心怀梦想的年轻人，组建成了一个青春热情、有共同追求，每天忙碌但不失温暖的大家庭。

“再难我也不能放弃，一定要挺下去，实在不行，只能悄悄地瞒着爸妈先把房子卖了！挺过这段再说！”石榴下定了决心。

她揉揉两边的太阳穴想去楼下的便利店买个三明治对付一下，写字楼里闷闷的，想出去换换脑子。下楼出大门的时候，碰上公司吃饭的一大帮同事，大家叽叽喳喳刚从外面吃饭回来，看见石榴：

“石总刚去吃饭？要不我去帮您买吧？这会儿去哪人都多。”小楠是公司的行政，人热情又细心。

“谢谢，我自己买吧，正好出去透透气。”石榴边说边揉揉太阳穴，这样兴许舒服点。

一群人都进去了，唯独王琦留在原处。

“石榴，你脸色不好看，是不是不舒服？要不下午回去先休息，还是身体要紧。”

“谢谢，没事，我自己心里有数。你下午记得跟市里协会再沟通一下，把那事盯紧了，别有啥纰漏就行，拜托你了！”

“放心，你真没事？”

“虽然三十了，但心里还年轻，禁得住摔打！”

“还能开玩笑，说明脑子没问题！”俩人同时笑起来。

楼外露天处一片大太阳，知了声响成一片，石榴不禁想起了初中时候的课堂，那时候的炎热夏天也像这样，知了声、读书声响成一片。而此时加上刺眼的阳光、闷热的天气、来来往往、擦肩而过的行人，写字楼外各式午餐佳肴冒出的气味，搞得人更心烦了……

石榴刚要从冰柜里拿出一个三明治，心想一会儿再去买一个咖啡，这午餐也就对付解决啦，不想有一只手按在了她的手上。

第五十章　最熟悉的陌生人

四目相对……

石榴看着他站在眼前，远没有原来自己想象中再见时会有的慌乱，她就那么静静地看着他。

“你就吃这个？走，我带你去吃点热乎东西。”他像以前一样拉着她的手想往外走。

石榴躲开了，后退了一步，想要开口，刚动了动嘴，却不知道要说什么，依然头疼得要命。她忍不住敲了敲头。

“石榴，我们能坐下来谈谈吗？给我点时间。”男人继续说。

石榴揉了揉太阳穴，双眼皮深深地陷进眼眶，她冷漠地直视面前的这个男人：

“时间？你给过我时间吗？又要跟我谈什么？”石榴突然想到了夏琳，连跟他多说一句话的力气都没有，转身拿起刚才那个三明治，往收银台走。

“你别吃这个，至少吃碗热饭。”男人抢过了那个三明治。

“你喜欢就送给你，自己留着吃吧。”石榴把钱扔在柜台上，头也不回地走了。

男人刚要追出去，看看手里的三明治，又放回到了柜台上，往石榴走的方向追出去，身后店员喊着：“先生，给您三明治钱……”

男人几步跑上去扯住石榴，“我们谈谈，就现在！”语气不容争辩。

“你可不可笑，当自己是谁？我没时间奉陪。”石榴只想赶快摆脱他，那种恶心头疼的感觉一阵阵袭来，她又加大了力度揉揉太阳穴。

“你哪儿不舒服，听话，告诉我，别跟自己较劲。我带你去医院看看。”洛飞上前摸摸她的头。

石榴用尽全身气力推开他，声嘶力竭喊道：“我们熟吗？用得着你这样对我吗？你再不走，我就喊人了！”她只想甩开梁洛飞，眼前的他比洪水猛兽还要让她憎恶，让她不敢触碰，两眼由于愤怒已经红了，她不明白梁洛飞为什么可以这么轻松地无视过去发生的一切。

洛飞看石榴真的动气了，摊开两只手，不再靠近她。

“我们不能心平气和地谈谈吗？我们，我们不该是这样子。”洛飞委屈地低下头。

石榴突然想到了一句话：最熟悉的陌生人！

“该是什么样子就是什么样子，分手了就是分手了，你，有了夏琳，就好好地过你的人生，我有我自己的生活，就别再打扰彼此了。”说完，石榴跑进了写字楼。

……

晓文跟石榴视频通话中……

“石榴，没别的办法了，只能卖房子吗？要不，我跟……”

“晓文，你那个继子不是那么好说话的！你已经为这个公司付出够多的了，你目前唯一要做的就是全力以赴把意大利那边地接工作做好，其他你都别管。”

“你怎么老揉头，不舒服？”晓文从视频中看出石榴不对劲儿。

“估计中暑了吧！恶心头疼得要死。”石榴说话的气力都没了。

“早点回去休息吧，别再撑着了，下周更有得累呢。”

“那个人今天来找我了。”视频中的石榴垂着头，看不到任何表情。

“谁？谁来找你了……天呐，洛飞回来了！”晓文惊叫。

“那你怎么考虑的？”

“还能怎么考虑，我好不容易过了那次劫，我可不想再糟践自己。眼下我要全力以赴把公司经营好，把这两百万得先筹齐了，其他再没别的心思了。”

“你……”晓文本想说“你放得下吗？”看看石榴不停地揉头，也就没再吭气了。

……

晚上十点了，写字楼里的人已经都走光了，保安无精打采地坐在大厅椅子上打盹。

“怎么又是你，我都说了，十五楼的石总肯定下班了，这么晚了，你看看，还有人进出吗？怎么不信我呢！”

“兄弟，我白天就在这一直等着，没看见她，肯定还在里面。”洛飞说着从兜里掏出两盒中华烟。

“行个方便，受累，受累，你就打个电话问问。”

保安接过烟，脸上马上没那么紧绷了，“她是你啥人呀？人家可是老总。”

“我女朋友，这不跟我怄气呢嘛，快给拨个电话。”洛飞赶紧拿起一旁的内线电话。

“不早说，小两口生气呢！”拨了电话，响了好几声，刚要挂，“喂……”接通了，可再喊对面就没人说话了。

“坏了！”洛飞突然好似明白了什么，头也不回往里冲，保安一把抓住洛飞，“你这是干吗呀，放你进去我就丢工作了。”

“再不让我进去，就出人命了！”洛飞一把甩开他，往电梯那跑过去，电梯停在22楼位置，洛飞顾不上，干脆就顺着安全通道往上爬。

身后保安紧跟着。

“兄弟，不会出啥事吧，烟还你，你可别吓唬我呀！”俩人气喘吁吁上了15楼。

“你去按住电梯。”保安还跟在他身后，没有往电梯那走的意思，

“快去呀！”身材魁梧、一脸黝黑，充满凶气的洛飞冲保安叫起来。

“去就去，还嚷上了，真是变脸比翻书还快！”

洛飞按着标牌找到了石榴公司，他穿过黑黢黢的大厅，往唯一亮着灯的那间小办公室跑过去。一进门，看到石榴歪趴在桌子上，手边放着拿起的电话，“嘟嘟……”一直响着。洛飞推了推石榴，叫了几遍她的名字，没任何反应，洛飞一把横抱起石榴，就往外冲去……

第五十一章　比财富更宝贵

做完检查石榴被推回病房，焦急等待的梁洛飞马上跟上去。

“你是家属？”医生问梁洛飞。

“我，我是……”洛飞不放心，又看了一眼还睡着的石榴。

“病人就是过度劳累，要注意多休息，可以留院再观察观察，别的没什么。”医生说完就出了病房。

梁洛飞长出一口气，他坐到石榴身边的椅子上，握住石榴一只手放在自己嘴边，

“傻姑娘……”

石榴就那么安静地躺在那儿睡着，洛飞轻触她的额头，掠过她的刘海，自言自语道：

“我该怎么对你好呢！”

……

不知道过了多久，病房外的楼道里响起了脚步声，来人走到石榴病床前。

一直握着石榴的手，低着头的梁洛飞缓缓抬起头，看了一下来人，轻轻把握着的手放回床上的被子里，又轻轻给石榴掖了掖被角，站起来往外走去。来人也跟着出去了。

到了楼道里一个僻静的角落，两个男人面对面站住，梁洛飞一脸严肃地看着来人。

杜天锋从口袋里拿出一包烟，刚要打开，意识到这里是医院，只是拿出一根烟，来回摩挲着。

“这次回来还走吗？”杜天锋先开了口。

梁洛飞没有回答他，只是一直盯着杜天锋看。

“杜总，我能问你一个问题吗，你也可以不回答。”

“你问吧？”

“你们这些有钱人是不是专喜欢盯着像石榴这样的女孩，单纯好骗？”

“你对我一直有敌意，这我知道。”杜天锋侧身看了看病房那边，接着说。

“我只想告诉你：我愿意用我全部的财富去换取跟石榴相仿的年龄，那样我可以毫无顾忌地对她展开追求。”杜天锋装好了烟，刚要走，又转过头来。

“你要珍惜她，她是比财富更宝贵的珍珠。不然，你会后悔。”

“我一直都知道，而且比谁都清楚。”梁洛飞说完大步流星向外走去。

……

石榴醒来时，病房里坐着石安顺和苏红两口子，苏红看到石榴醒了，赶紧上前，

“闺女，你可醒了，吓死妈了！”石安顺也上前看看石榴。

“爸、妈，我怎么在医院呢？”石榴揉揉头，已经不那么疼了。她渐渐想起昏倒之前的一切，头疼、加班、接电话……后来的事情都不记得了。

“你在公司晕倒了，是人家杜总把你送这里来的，昨晚还打电话给我们说有他在，让我们放心！让我们一大早再过来就行！”苏红把石榴晕倒后发生的事情告诉她。

“你这孩子也太不爱惜身体了，你说爸妈这在北京才知道，不在

你肯定也不会告诉我们，我跟你爸商量好了，不走了，留下来陪你。”苏红说着抹起了眼泪。

石榴让父母宽心，说自己没啥事，让他们别担心，正说着包里电话响了……

“石榴，你说你缺钱也不吭一声，太不够意思啦！”个性豪爽的宁婷婷劈头盖脸就问。

“婷婷 ，你听谁说的？”

“甭管听谁说的吧，我这里有 280 万，就这么多，不够的话你再自己想想办法。”

“我只需要 200 万，其他……”石榴一下子从床上坐起来，感觉自己终于有救了。吓得石安顺和苏红也跟着紧张，苏红摸摸石榴额头，又比比自己的温度。“没烧呀！”

“你先都拿着，用不了回头再还我，你是我孩子干妈，我必须得支持你！再说，别瞧不上我们小地方卖保险的，不比你们首都人少挣啊。”

“婷婷，谢谢你！你可帮了我大忙了！”石榴真想马上冲进电话里拥抱一下大肚子的婷婷。

“咱俩有啥客气的！”

石榴放下电话，“阿弥陀佛，我终于有救啦！”她情不自禁高呼起来，回头这才注意到尚不明白咋回事，大张着嘴巴的父母。她赶紧收起电话，坐好。

“爸妈，你们就在这住着，有你们在，真好！”

……

意大利米兰、罗马、佛罗伦萨、威尼斯……，石榴和晓文带着一众各省市艺术学校和代表团的青少年文化使者，在那几天完全化身为传递两国友谊的使者，小家伙们纵情高歌、激情舞蹈，在异国他乡传递友好，绽放艺术光芒，接受了来自欧洲文化的熏陶，并展示了中国文化多元的精彩和沉淀。

这十天，石榴真没少操心。团里几十个学生每天的参观、活动和表演，她需要全面组织、协调，再加上陪同的父母、老师，光地接的大巴就得坐几十辆。偶尔中间有一两个闹事的家长出幺蛾子，想让孩子在表演环节多露个脸或是嫌住宿不满意而找麻烦的，石榴和晓文都得尽量照顾周全。

有一回，家长就搬把凳子坐在大巴车前头，不答应条件就不让车队出发，石榴只能是临时让大部队改乘火车，行李由大巴单运到下一站。这无形中增加了出租车和火车的额外支出费用，但问题总算是平稳解决，最低程度地降低了不好影响。

每天高度紧张，直到带团安全回到北京 T3 机场，目送她们走出到达大厅，石榴心底那一块石头才算是踏踏实实落了地。

第二周，她收到市里对外协会打来的电话：寒假继续由她们公司组织下一期的艺术交流活动！由此，石榴终于算是拿下了这块业务的长期合作免试牌！

石榴组织员工晚上来了次“庆功宴”，特地邀请了几个合作伙伴，当然，其中也包括杜天锋。当天，石榴特别高兴，这好像是她近两年最释怀、最放松的一晚，她感觉自己看到了充满希望和方向的未来。杜天锋盯着满场走来走去招呼的石榴，笑意盈盈。

在陆续送走邀请的客人后，石榴来到杜天锋身边。

“杜总，不好意思，净顾着招呼别人，招呼不周啊。”

“石榴，替你高兴，这个公司终于算是站住脚了，不容易啊！来，干一杯！”

俩人一下子干了好几杯，石榴脸上起了红晕，多了股子女孩子的娇羞劲儿。

惹得杜天锋一直盯着她看。

“石榴，嫁给我，做我女人吧。”

……

“杜总，您喝多了吧，想当你女人的恐怕都排到外面那个集市门口了吧，还轮得着我吗！”

石榴表面云淡风轻，不经意似的开玩笑，内心早就砰砰……直跳了，只求杜天锋别再往下提了。

“我知道你嫌我是老光棍！”杜天锋把目光转向酒杯。

石榴笑了，杜天锋也乐了……这个棘手的尴尬算是就这么拨过去了。

“我父母想请您吃顿家常便饭，感谢您那晚把我送到医院，不知杜总哪天有时间呀！”

“其实，那天送你去医院的不是我。”杜天锋又从醒酒器里倒了一杯酒，“是梁洛飞。”

……

第五十二章　救赎自己

“他？他送我去的医院？”石榴听到梁洛飞的名字，酒已经醒了大半。

“我们俩聊了几句，看得出他很在乎你。”杜天锋晃晃酒杯，看向石榴。

石榴似乎还未从沉思中回过神来，她一直低着头，没有听见杜天锋说话。

“石榴，石榴？”杜天锋轻轻唤她的名字。

“哦，嗯？”她喝了不少酒，肚子里、脑子里都乱糟糟的。梁洛飞就像种在她心里的一根刺，扎得很深，越想拔出来它往下钻得越深。

“我虽然不清楚你们之间到底发生了什么，但是能挽回的就该给彼此机会。”

“机会？”石榴抬头看见公司里的王琦、小覃他们还在嬉闹着，不时高喊一两句，脸上绽放着开心的笑容。

“谁曾给过我机会呢！”石榴甩甩喝得沉乎乎的头，想把过去一切不开心的记忆都甩出去。

“来，杜总，我敬您。我石榴，孤独，但不将就；我承认，我仍然渴望爱情……但宁可错过，也不将就！”

石榴不小心嗝了一声，不好意思地看了一眼杜天锋，抿嘴笑了笑。

“不回头。”石榴笑着笑着顺着眼角轻轻流淌下一行泪水，尽管石榴赶紧擦干了眼泪，装作什么都没发生过。

杜天锋把这一切都看在眼里。

“杜总，你呢，有漂亮可爱的女儿，又事业成功，本来可以尽享天伦之乐，又是为什么？”石榴已经收起了刚才伤心的模样，努力让自己在别人面前不要表露。

“我和前妻是家族联姻，两个家族间为了利益最大化，利用子女之间的联姻而达到资源之间的互补。她嫁给我之前有爱的人。而且，我们都太好强。后来，女儿长大了，也就不再勉强彼此了。”杜天锋放下酒杯，站起来松了松领带，用手向后推了推茂密卷曲整齐的头发，接着把眼镜从脸上摘下来，拿出口袋里的布慢慢擦拭。

“原来，看似风光无限的豪门，也多是悲悲戚戚的故事呀。”石榴不再吭气，心里默默自言自语：“看来幸福的每个人都大同小异，而不幸的人都是各有各的故事。”

俩人都不再说话，只是一直喝，喝到最后，石榴只记得她跟杜天锋都好像莫名其妙大笑起来，虽然她一直提醒自己，公司员工都在，不要太失态，可是，她就是想笑，一直笑，直到眼泪都笑出来了。

周围人站起来望着这两个人，不知道他俩说了什么，那么可笑？

周末，石榴好不容易能有空闲，打算带着父母出去转一转，想多花点时间陪陪他们。刚一出门，就碰到梁洛飞站在楼下。

石安顺和苏红还没等石榴吭声，情绪已经激动起来。

“你还有脸出现？还想来害我们家石榴？”苏红拦在石榴面前，石安顺脸色明显变了，脸拉了下来。

“叔、姨，我今天就是想和石榴谈谈，把我们……”已经上午九点多了，阳光明媚，洒在梁洛飞脸上，照得他越发黝黑发亮。

“谈什么，我们家没什么好跟你谈的，你走不走，再不走，再不走……我，看我不打死你，把石榴害得……”苏红低头找了旁边丢弃的一个小孩玩剩的塑料棍就往梁洛飞身上打去，惹得路人都纷纷往这边看。

“妈，妈，你别生气，邻居都看着呢。”石榴一边搀着苏红别让她动气，一边尴尬地看看周围围观的人。

“老婆子，别嚷了，石榴，我跟你妈前面等你！”说完，石安顺拉着苏红往前去了，苏红一边走一边还回头骂梁洛飞，洛飞站定在那里，像个木雕一样。

人群渐渐散去，他俩挪了几步，移步到了楼房旁边健身器材的空地上。

“说吧，我爸妈还等着我。”天气渐渐热起来，石榴今天穿了一身咖啡色格子休闲短裙套装，阳光下，透着一种成熟稳重的美丽。

“你身体好点了吗？这几天知道你忙，没敢去打扰你。”洛飞边说边悄悄瞄了眼石榴。

“没别的事我先走了。以后别再见了，我不想让人误会。”说完，石榴转身就要走。

走过洛飞身边，洛飞一手拉过她，不由分说搂住了她，等石榴反应过来，已经被这个男人紧紧抱在怀里。

“你疯了吗？”石榴挣脱出来，给了洛飞一记耳光。

在打了梁洛飞后，石榴冷静了一下，看着梁洛飞半边脸肿起的红印，突然觉得自己是不是有点过分了，看梁洛飞捂着脸惊讶地看着她。

“几年没见，你还学会打人了，你，出手够重的呀。”

“你自找的，听着，我们别再见了，你有夏琳，我也会有我的感情生活，听清楚了，别再纠缠我！”

梁洛飞放下一直盖着脸的手，慢慢靠近石榴，石榴赶紧往后退去。

“你听着，石榴，在我心里，从来就没有住进过别人，只有你。”

“我没时间跟你胡搅蛮缠了，说分手的人是你，一直是你。还提这些干什么！好了，以后别再见了，也别再打扰到我家里人的生活了。”石榴狠狠瞪了一眼梁洛飞，跑着离开了。

……

“你活该！”一家餐馆里，管鹏正数落着梁洛飞。

“你知道你当初的不告而别给人家姑娘造成多大伤害！光我听我爸妈唠叨这事就不下百次，你小子活该！”

“我那时候……嫉妒冲昏了头，才……。哎，身不由己！”洛飞对着饭桌旁边的玻璃瞅瞅还肿着的脸。

“不是兄弟不站你这边啊，你说你当时不是来那一出，孩子说不定都能打酱油了。现在石榴也算是成功人士了，听说后面追的人不少，他以前那个老板杜啥，听我妈说，对石榴很上心。”

梁洛飞眼神里明显流露出妒忌，一杯啤酒已下了肚。

管鹏没理他，接着说：“你跟那个夏琳不清不楚地咋回事？洛匪，咱可不兴干脚踏两只船的勾当吧！”说完停下来，眯着眼睛看向洛飞。

“夏琳那天就是掩护我，假的，我还有那心思！”说完洛飞又干了半杯酒。

“哎，你小子，唱的哪出双簧呀！说吧，让兄弟帮你做点啥？说好了啊！我可再不洗带鱼了啊！”说完俩人都仰天大笑起来。

……

石榴的公司正策划一个全国艺术学校校长的培训班，在这个班上她请了全国知名的艺术家来做培训，各地来参加培训的“校长”反响特别好，建议把这个培训项目以特色品牌项目的形式保留下来。石榴工作依然很忙，头绪也多，但井然有序，很多事情逐渐步入了正轨。事业上的蒸蒸日上更彰显出感情上的落寞，当然，这份落寞还体现在石爸石妈逼她相亲的经历上。

“我说你干脆就定了杜天锋吧，我看你对他感觉还不错！”晓文跟石榴电话里说，替她着急。

“别胡说了，杜总帮了我们大忙，我对他只有感激。我……”刚说着，石榴电话响了。

“谁呀？你不接吗？哦……不接的只有一个人，那小子不怕女朋友知道啊，总骚扰你。”

“他越这样我越烦，我担心他再这样下去，我会把原来多少年温暖的回忆全都耗尽了。”

“梁洛飞不会是脚踏两只船的渣男吧，不像呀！不过难说，人是会变的嘛！”晓文仔细分析洛飞。

“算了，咱不提他了。我过几天回省城，谭校长让去她的学校参观，我正好去那边调研一下……”

省城，石榴专程抽时间去看婷婷。

“肚子又大了，看我这肥样，董建每天给我不重样地喂。”说着婷婷露出幸福的双下巴，乐呵呵地笑着。

“你现在吃两个人的，必须多补。”石榴轻轻地用手摸着婷婷肚子。

“石榴，我再吃真成猪啦，他做了你得都吃了，不然还不高兴。”

“那是人家董建怕你营养不够。”石榴喝了口水，“婷婷，你的钱给我解了燃眉之急，我说一万次感谢也不能表达谢意。我年底就能还一部分。”

“噢，钱呀，那个……不着急。”婷婷像是欲言又止，“其实……石榴，那个，洛飞你还能给他次机会吗？”

石榴眼睛瞪大了一倍，“他不会找你当说客了吧？”

“那倒没有，哎，算了，不管你们了。”婷婷挥挥手不想再说。

婷婷站起身刚要去冰箱取杯酸奶，打开冰箱，又关上。

“哎呀，石榴，我实话说了吧，你知道我这人本来肚子里就是不装事的人。”婷婷转身又坐回沙发。

“什么实话呀，你磨叽个啥，看你今天吞吞吐吐的，老实交代，啥瞒着我？”石榴看着婷婷笨拙地走过来的样子直乐。

“其实，其实吧，洛飞本来不让我说……”

“什么事呀，快说呀，吞吞吐吐可不是你个性！”听到洛飞的名字，石榴有点捉摸不透。

“那280万，不是我的钱，是洛飞卖房子的钱！”

……

再后来，石榴一直是脑子在云游的状态，婷婷还在念叨，石榴根本听不进去她在说什么。

“他这算什么？用钱来救赎自己，或者我这又算怎么回事，用前男友的钱来周转，还能撇清关系吗！我一边说过去了就过去了，现在却，哎……”

第五十三章　同学聚会

两年后。

石爸、石妈要去石英那里看孙子，临走还不忘叮咛石榴一番，

“赶紧处个对象，都三十多岁了，再不嫁人，真嫁不出去了。那个杜老板虽然老点儿，我们也不是思想放不开的人，也能接受。” 苏红一边收拾行李一边唠叨，长叹了口气。

“闺女，别嫌我跟你妈烦，我们老了，不能陪你一辈子。万一，我是说万一我们有一天走了，留你自己孤孤单单的，我们……不放心！” 石安顺说罢背转身走向阳台，石榴靠在门板上低头没敢吭声，看着父亲边走边用手在悄悄拭眼泪。

机场送走了父母，恰逢周末，回去的路上，想到家里冷清的气氛，想换个地方待会儿，石榴竟不知该去哪里。平日里无论多晚进家门，都会有父母迎上来嘘寒问暖。此刻，她静静坐在沙发上，环顾四周，空荡荡的家里，不免心里空落落的。由于忙碌的工作、各种出差、会议、应酬，她好像很少有独处的时间。谁知道一旦安静下来，竟是无所适从。

“喂，管鹏。” 石榴接到管鹏电话。

“听我妈说，叔和姨去石英那了？”

“刚去机场送我爸妈回来，小英想让他们在那边住一段。”

“大忙人，下周末有空吗？安城中学咱那届的想聚聚，就等你时间啦，我跟他们说了按你的时间安排！”

“你真能诈唬，我的时间再忙也要参加咱们的聚会呀！我不像你们公务员旱涝保收，我们私企今天不劳作，明天就饿肚子。”

“老同学，谦虚！那咱们就定下周末，我跟人家答复啦。”

同学聚会上，久未见的二人再次相遇，石榴到得晚，看见洛飞在走廊上，知道他在等她。她故作接电话，直到临近，才不得已“佯装”挂掉电话，不知该如何打破久违的尴尬。恰好，迎面过来另一位同学寒暄起来，也就把一场未曾开始的尴尬彻底解除。落座后，一桌的同学互相问候，多年不见，彼此寒暄不停。他正好坐在她对面，余光中不经意彼此有一搭没一搭注视着。他假借说话之时会瞄向她一眼，偶尔互相对视又匆匆垂下眼睑……石榴惊奇发现自己仍然会有脸红的瞬间，努力提醒自己不能太“真情流露”。大家听闻石榴独闯京城开办公司所取得的成就和业绩，尤其是经过管鹏渲染，不免有“慕名而来”频频敬酒的。偏偏今天石榴正赶上生理痛，本来刚好点儿，一喝酒又痛起来，这一顿饭吃得犹如几个世纪一般难熬。

她借口家里还有事先离开了，刚出饭店门就看见他跟了出来。进入三月的天气，虽然已入春天，但体表感觉还是浸在冬天中，石榴浑身瑟瑟发抖。喝了酒也不能再开车，只能在路边拦辆出租车回去。此时，梁洛飞已走到她身边。

“我送你回去吧，要不你送我也行。”他没注意到石榴疼痛的样子。石榴用力白了他一眼，嘴上没说，心里却骂道：“脸皮真厚。”

石榴前脚刚上车，洛飞后脚就厚着脸皮非得挤进车里。搁平时，石榴肯定一脚踢他下去，这会儿身体已经不由自己掌握了，腹痛难耐，额头已渗出小汗珠，再加上一进一出折腾，更难忍了，不由得手捂着肚子，斜靠在车门的窗玻璃上。

“肚子难受？还哪儿不舒服？都出冷汗了！”洛飞伸手摸摸她额头。

石榴不想理他，只想赶紧到家，吃片止痛药能舒服些，躲开他伸过来的手，不想和他纠缠。

“师傅，去最近的医院，快点儿。”石榴越是不说话，洛飞越是觉得她肯定病得不轻。

石榴听他要去医院，半天忍着没发声，使出浑身力气，冲梁洛飞咆哮：

“梁洛飞，你拉我去什么医院，师傅，别理他，按我说的走。”

“乖，石榴，别闹，别怕，医生轻轻割一下，很快就好了。我陪着你呢。”边说边轻抚石榴肩膀。

“梁洛飞，我到底哪得罪你了，你要割我子宫！你走，下车，我不想再见你。”石榴疼痛难忍，又加上洛飞来这么一出，她已经是几近崩溃了。

“你，我以为你……阑尾炎呢？不是，那是咋回事？”洛飞一脸无辜地想碰石榴，却又不敢再碰。

“我，我……”石榴看向前面开着车的师傅，不好意思直说，又担心梁洛飞傻乎乎再做出点傻事，压低嗓子，小声道：

“生理痛！”说完已用尽最后一点耐心，不想再理他。

车到了楼下，梁洛飞还想跟着，石榴强忍腹痛，回头冲着洛飞最后一次警告：

“你再骚扰我，我就报警！”

“没见你以前有过痛经呀，身体是革命的本钱，别跟自己置气，得去看看！”洛飞很担心石榴，又不知道该怎么办。

“谢谢，不送！”石榴手捂着肚子，进了单元楼里。

……

回到家，石榴吃了止痛片后，迷迷糊糊躺在床上和衣而睡。直到日上三竿才醒来，觉得好多了，除了头还有点晕。

“酒劲还真大！”石榴揉揉头，公司还有一堆事等着她处理，简单收拾了收拾，赶紧出门。谁知道，刚刚一拉开门，有一团东西就顺势倒下来，瞬间吓得石榴失声尖叫起来。

“石榴，醒啦！你还疼吗？噢……我睡着了！”洛飞竟蹲在门口，待了一宿。

洛飞揉揉惺忪的睡眼，好像突然想起什么，从怀里抱出一盒东西。

“对了，这是刚才买的早饭，给！还热着。”

……

第五十四章 雅安大地震

石榴从洛飞身上一直打量到他打包好的食物，先是低头沉思了一会儿，再抬头时眼光深邃直视着洛飞，并没有伸手去接那包食物，而是轻轻叹了口气。

“梁洛飞，我很感动，真的我感动！可是，别再招我了好吗？就当我求你！”

洛飞缩回递食物的手，低下头不知所措，石榴这才注意到他后脑勺翘起的头发，看起来有点邋遢。

“四年了，四年就算惩罚我也应该过关了吧。没有人比我更了解你，你心里有我，也只能有我。再说，我就是想……想在你身边照顾你。像昨天……”

“别再说了，你知道四年前你不辞而别，伤我有多深……算了，多提无益！我已经开始新生活了！”

洛飞刚想解释，石榴摆摆手打断他，

“你现在的誓言像极了一个巴掌在打我，这种感觉，你，永远不懂！”石榴眼圈红了，哽咽起来。

“铃……”梁洛飞兜里的手机响起来，他看了一眼，摁掉了。

手机又响起来，就在这时石榴已经转身往电梯间走去。

“知道了，误不了，好，机场见。”匆匆摁掉，洛飞赶紧追石榴，看到石榴乘坐的电梯刚好已经走了。

洛飞恼得真想把手机砸了，等他乘电梯到了一楼，早不见了石榴的影子。

在去公司的路上，石榴接到了方伟的电话，公司出了点状况。原来是跟电视台谈好的一个项目出了问题，双方签了合同，费用也付了，不料电视台那边栏目调整，节目改版，内容顺带也被删减了，但是石榴公司缴纳的费用却不给退。

“石总，跟他们说了40万不是小数目，栏目出问题跟咱们无关，我们试了所有的办法让他们退钱，对方却说负责人已经被辞退了，栏目现在不归台里管了，总之，耍赖皮，就是不退钱。”

“合同原件在吗？师傅，能快点吗？我有急事。”石榴边打电话边给出租车师傅指路。

“合同在，但我咨询了温律师，说走诉讼可以，但特别耗时耗力，建议先找找人，能不能找高层协商解决！”

“好，明白了，我到公司再说。”石榴刚挂掉电话，手机就显示收到一条短信：“石榴，下午我去四川出差，周六回，等我回来好好谈谈，以前都是我的错，再给我一次机会。洛飞。”石榴此刻满脑子都是电视台这档子事，匆匆看了一眼，就删了。

接连几天，石榴都在打电话疏通关系，看看能不能要回这笔钱，哪怕一部分呢。无奈，打了多少电话，磨破了嘴皮，也没能找到一个真正能起作用的“厉害人物”。石榴、晓文和王琦视频电话讨论最近的工作安排，王琦讨论完自己的分工后，便先从会议室出去了。

石榴看公事聊完了，把近些天碰过的壁跟晓文倒倒苦水：

“晓文，我这两天打了不下一百个电话，我现在充分理解‘我爸是李刚’的魔力了！”

“实在不行，就走正常诉讼程序好了。其实，在国内，很多事情都要讲国情，这个我也懂。”晓文慢条斯理地说，还不忘在视频里show她最近新的发型。

“跟你说，你现在是饱汉不知饿汉饥，算了，我下线了，我再试着打打电话，梦想还要有的，万一实现了呢！”石榴正准备挂断。

“哎，等等，我这不是给你想办法呢，你没试着问问杜老板，他人脉广，兴许能有办法呢。”

“我也想到了，只是犹豫……”石榴喝了口咖啡，接着翻电话簿。

“你还清高个啥劲，姐姐，咱们的钱，40万呀！哦，还要告诉你一个好消息，我，怀孕了！”

“啥？怀孕？Tony那么老，还能……”石榴瞬间觉得这比40万的追款更有兴趣。

“你不知道人工授精多辛苦，没成功前，我都没好意思跟你提这事。Tony一直想有个我们自己的孩子，这次他很高兴。其实，我也想明白了，他对我还算不错！我就要有自己的小孩了，一想到肚子里有个生命在孕育，我真的好满足！”晓文轻抚着肚子。

“祝贺你，晓文，你能跟Tony生活幸福，我真替你们高兴。”石榴打心眼里，为晓文和Tony来之不易的幸福开心。

“其实，我挺羡慕你的。”说完，晓文对着视频发起愣来。

“羡慕我？孤家寡人吗？算了吧，我妈唠叨我的时候你是不在，谁苦谁知道！哎，扯远了。你这段时间可得小心点，吃的喝的，都得注意。”石榴已经把钱的事情扔一边了，好朋友好不容易怀孕，这对女人有多重要，她真替晓文开心。

“石榴，作为你最好的朋友，听我一句劝：不管你往前进还是往后退，我都支持你！梁洛飞和杜天锋都是好男人，你要抓紧，别错失了幸福。”晓文隔着屏幕很认真很认真地告诉石榴。

“什么前进后退的？你把他俩当车轱辘了吧。呵呵……我总觉得命中注定我孤身一人，不过，有你这样的朋友，我知足得很！”

“别油盐不进，赶紧挑人，看得出来，杜天锋对你是认真的。”晓文假装警告的样子。

“说起杜天锋，我得赶紧打电话，我那 40 万够发几个月工资的，先不聊了，你自己当心点，吃点好的！估计 Tony 现在得捧你在手心里喽，老来得子，多 happy……”石榴挂断了视频，她知道再不挂断，王晓文得啰嗦她一晚上。

石榴并没有直接打给杜天锋求助，而是打给了很长时间没联系的王芯。王芯毕业后留在大学工作，已经在传播系当了主管，石榴估摸着她能跟电视台有联系。果然，王芯在电视台有熟人，王芯二话不说，直接说了句：“等我电话。”就挂断了。

隔了一会儿再打过来，已经有了下文。

“这个栏目的事情我朋友了解，但他说以他的职位恐怕说话没力度，对不起，石榴，帮不到你。”

“王姐，很久没见，有空我们见个面。突然打电话还是找你帮忙，很不好意思。”彼此寒暄后，俩人挂掉了电话。

石榴回到家后，看着电视发呆，其实电视里播放的她根本也没看。拿起手机，自言自语道：

“就试试吧，这可关系到全公司生计大事！”

杜天锋办事效率高得很，第二天上午已经有了结论：钱可以退，也可以继续选择上别的栏目，由石榴自己决定！“厉害人物”起了重要作用，连续几天的雾霾终于散去，雨过天晴了。

“杜总，我请你吃顿饭，聊表感谢吧。人家台领导看您面子，连饭都给我省了。”从电视台出来，石榴浑身解放，犹如奋战后打了个胜仗！再看杜天锋，也乐呵呵默许答应吃这顿饭。

“石榴，我们认识有八年了吧。”落座后，杜天锋看着正在看菜单的石榴问她。

“差不多，嗯，差不多有八年了。”石榴脑子里算算从见到杜天锋的那时候起的时间，边喝口水边肯定地点点头。

“那你还一直喊我杜总。”说完目光温柔深情款款直视着石榴的脸。

“完了，完了……又要逼我放大招了。”石榴在心里默念道。

“不然，那我叫您杜老师，哈哈……这看起来更拘谨！”石榴嬉皮笑脸想要避重就轻躲过去。

“最近怎么样？还忙吗？周末我们一起去打球，顺便给你介绍几个朋友认识，都是我多年的老朋友。”

“周末？”石榴迟疑了一下，有点犹豫，正好服务生过来上菜。

杜天锋看出了石榴的迟疑，“别想那么多，就是打打球，谈谈生意，你要不愿意就咱俩找地方打球，不跟他们掺和。”

“我就是不愿意和你独处啊，你还没看出来吗？”石榴心里默念道。“好吧，您安排吧，我都可以。”石榴往嘴里塞了一个寿司卷，大口嚼起来。

“石榴，那个人辜负了你，我一定不会！不能因为一棵树，你连森林都错过吧。”杜天锋说完往石榴这边靠了靠。

“咳咳咳……”石榴咬了一大口芥末，顿时满眼满脑都被刺激得咳嗽起来，瞬间眼泪、鼻涕都被呛出来，她赶紧做个手势，往厕所极速奔过去，跑到厕所，对着镜子，一边擦拭眼泪，一边默念：妈呀，我以后该怎么面对他呀。

周六的早上，石榴起了个大早，计划九点从家出发去打球。八点刚过，突然感觉脚下的地板似乎动了，紧接着天花板也摇了一下。

石榴有点懵，静下来又等了会儿，再没任何反应，紧接着一激灵：“地震了！”

她赶紧打开电视，才知道四川雅安发生了大地震。电视里，一遍遍循环播放着地震最新报道：2013 年 4 月 20 日 8 时 2 分，四川省雅安市发生 7.0 级地震。

“四川？洛飞？”石榴脑子里一片空白。“洛飞出差了，不就是去的四川出差吗！”

石榴迅速拿起手机拨打洛飞的电话。“对不起，您拨打的电话暂时无法接通。”挂了，再拨，连续拨打了十几遍，依然无法接通。

“怎么办，梁洛飞，你倒是接啊。”已经是九点半了，还是没法联系上洛飞。

石榴看着电视里滚动的新闻，这次地震灾害性大，伤亡很大，石榴在那一小时里，脑子里出现了几百种假设：“如果洛飞没事，我一定答应他！”“保佑洛飞没事，我宁愿他跟别人结婚，只要他活着。”

“对，管鹏，管鹏能联络到，他肯定能找到洛飞！”

管鹏前两天还跟洛飞通过电话，不过，可以确认的是：洛飞在雅安！

管鹏联系了洛飞的建筑设计院，他这次出差是去雅安进行工程验收的，更要命的是正好在地震受灾范围内，目前单位也在想尽办法取得联系，但一直联系不上！

一直煎熬到第二天，建筑设计院终于传来了消息：洛飞他们本计划当天中午飞机返回，早上刚起床就遇到了这次大地震！目前确定活着的人名单里没有洛飞的名字!

石榴傻了,她欲哭无泪:真应了那句话:"命运赐予了我们相遇相识,却终究不能赐予我们永远!"

第五十五章　归来

茫茫人海中，你我相遇、相识、相知到相恋，却又彼此丢失，现在的你是否已不复存在，究竟接下来，我该安放何处?

“洛飞，那天，我去了你带我去过的第一家饭馆，仿佛又看到了你我依偎在一起吃面的情景，你把排骨都夹给我，说自己减肥，只吃菜……”

“我还去了我们以前常去的电影院，前排的人像极了你的背影，我一直看着他，放映结束后我一直跟着他，就想多看看人家背影，直到被人家女朋友白眼，我才不敢跟了。”

“你还不回来吗? 我以后病了谁来管我，我万一被别人欺负了谁又来保护我? 我以前任性，一次次失去了你，而这一次，会是永远吗? ”

“我昨晚又梦到了你，你就站在门口，告诉我：我回来了，再不走了，瞧你头发乱糟糟的，不修边幅的样子，我还怪你怎么不去理发，你生气了转身走了。”

石榴就像给一个老朋友发短信一样，两天里不停地给洛飞的手机发送短信，她多么希望“黑猩猩”会看到，能回复她，手机只要响一声她就迅速拿起，只是不曾有过那个号码的回复。

电视中播放的画面依然是雅安满目疮痍的断壁残垣，依然是倒塌的墙壁掩埋的生命，依然夹杂着手术室抢救生命的镜头，不时有刚刚救助的伤者从断壁残垣中挖出。

“去雅安！也许洛飞正躺在某个地方，等着我救他。”石榴恍惚中抓住了最后一根稻草，她让公司准备了可供随时调用的帐篷、饮用水、板房、移动电源、遮雨布、干粮、方便面等救灾物资，以支援灾区抢险救灾工作。

有媒体发出提醒：“目前灾区交通还在瘫痪中。通往雅安的高速公路已封闭，只限政府车辆！志愿者以及个人请不要前往！政府应急部门和部队已赶往灾区，并派出空中部队，相信政府！留出生命通道！”

“石总，杜总公司这次也给雅安捐了款，听说您要亲自带队去救灾支援，杜总也报了名，一同进驻雅安抢险救灾小组。”石榴公司的小姜汇报。

“好，我知道了。”连日里石榴都没怎么睡，脸色异常憔悴。她恨不得赶紧飞到雅安，只有到了那里，才会有希望和奇迹出现。

真正到了雅安，石榴被眼前的景象震惊了：余震不断，走在公路上，不时会出现晃动，还可能出现山体滑坡，老房子已经大量坍塌，部分小区的房屋已经变形，砖混结构的房子出现了裂痕，因地震损毁的公路、电力、通信设施更是满目疮痍。原本美丽的高楼大厦、田园风光就这样被毁于一旦，突然夺去的是一个个鲜活的生命，留下的是一片片废墟，是一个个无辜者的眼泪与痛苦。

到了灾区，与当地的救援组织联系上后，石榴和杜天锋部署了救援小组的所有工作。石榴一边投入紧锣密鼓的救援工作当中，一边设法跟洛飞同事取得联系。第二天，终于跟幸存的洛飞同事联系上了。

“本来，梁工这次不在出差名单当中，他都已经递交了辞职申请，但是，他这人责任心重，帮别人忙才临时来雅安，谁知道……”设计院的小刘指着身后的废墟堆哽咽着说。

另一个年龄大点的，也是洛飞的同事老赵回忆说：“当时我们刚起床，准备收拾收拾就要去机场，不想地震就开始了，到处都在晃、震，天花板像筛糠一样，大家都往外面跑，跑得慢点的，就，就被压在……底下了。楼房基本全倒了，有的楼房一半塌了，外露的钢筋上面还挂着遇难人的……身体。”哽咽着顿了一下，又说：

“听说洛飞辞职跟别人合伙开了建筑设计咨询中心，事业刚……就……哎，可惜！”

面对眼前一片废墟，耳边听着同事对梁洛飞地震前的回忆，石榴欲哭无泪。“洛飞，你在哪里？”看着荒芜的一片废墟，石榴几乎瘫倒在地上，一旁的杜天锋赶紧扶了她一把。很快，石榴像反应过来什么似的，眼神急切寻找两旁的人帮忙。

“大家为什么不赶紧挖呢？不是绝不放弃每一个存活的人吗？也许洛飞正躺在某个角落等着大家去救他，也许他很渴，很饿呢？”边说边徒手挖起来。旁边的杜天锋本想拉住她，不知道石榴哪来那么大力气，竟然一把挣脱开他，疯似地扒土。

站在那里的几位洛飞同事看到石榴的样子更难受了，含泪解释：

“石榴，之前救援部队的同志已经用生命迹象仪扫了很多遍了，说是没有，没有，底下没有存活迹象了，我们……才……”

“你们胡说，不可能！洛飞他命大！我不相信。”说着仍然不停地在那里扒土，不知过了多久，指甲盖已经在冒血了，一旁的杜天锋没有继续劝她，而是找了工具，开始在旁边翻石板，于是众人都不再说话，都默默拿着工具开始翻找……

不知过了多久。

“石榴！”

“谁在叫我？”泪流满面的石榴惊住了！她好像听到了洛飞在叫她。

“杜总，老赵，听到没？洛飞在叫我，他肯定在下面！”石榴怕是自己太想洛飞活着了，出现了幻觉，想极力求证于身旁的大家。当看到众人都惊讶地看向她身后，她也顺势转过头来。当她灰头垢脸，脸上挂着泥水、汗水和泪水，扭头向后看时，她停住了手里的动作，傻了！呆了！身后正是拄着拐杖的梁洛飞！

石榴揉揉眼睛，顾不上跪在地上已经僵硬的四肢，直愣愣站起来，两眼婆娑喊道：“你是洛飞吗？你是洛飞吗？我不会是出现幻觉了吧？啊？真的是你吗？”她一时间不能相信自己，急切地边盯着眼前的这个人边看着众人的反应。

石榴不管了，她疯也似的扑上去，像一股风一样冲到梁洛飞身上，洛飞脚上打着绷带，没站稳，一下子俩人都滚倒在地上。倒地的同时，梁洛飞一把抱住石榴，让她倒在了自己身上，而自己重重摔在了地上。石榴躺倒在洛飞怀里，贪婪地闻着洛飞身上久违的气息。

“是你，真的是你，你是洛飞，黑猩猩！”

“媳妇儿，我活着呢，你还没原谅我，我死不了！”被压在底下的梁洛飞痛苦地满脸狰狞。

一旁的众人被俩人感动哭了，待洛飞起身后，纷纷上前紧握洛飞的手，以示躲过这场劫难后的庆幸。

石榴突然好像反应过来什么，怒目瞪向洛飞。

“你没死，为什么不找大家！”

“那天早上，我起得大早，想登高看整个县城，刚走到坡底下，瞬间地动山摇，等反应过来就看到，除了孤零零的几座建筑，房子轰隆隆几乎全塌了。太惨了！”石榴扶着洛飞站稳，才看到他的腿上打着绷带。

“你这是怎么受的伤？”石榴边说边整理洛飞散落的绷带。

“太惨了，我跑回县城里，很多人都埋在了地底下，我看见有人在扒土，很多人目睹亲人被掩埋在废墟里，我就赶紧帮着扒土扒石救人！后来又参加了别的救援工作，也不知道同事都在哪避难，就耽搁了！哦，这腿是余震的时候掉下来的石板给砸伤的，小伤，不碍事！”

石榴仔细从上到下看了看梁洛飞，重复默念着：“感谢老天爷，让你活着。”

俩人久久依偎在一起，身旁围着的众人渐渐散去，杜天锋看了看鸵鸟般拥在一起的二人，也会意默默走开了。

晚上，所有的人都住在临时搭建的帐篷里。

“洛飞，雅安地震，特别是我看到地震后小孩子的眼神里的无助，给我带来的的触动太大了，我想留在这里帮助他们，震后的心理治疗比身体疗伤更重要，我希望抚平更多的小孩的心理创伤。”石榴依偎在洛飞怀里。

“你做得对，我跟你一起留下来，媳妇儿。”洛飞捧着石榴的脸庞温柔端望。

帐篷上映射出两个人对望的剪影，手电筒灯光照射下，两个身影慢慢越靠越近，渐渐挨在了一起……突然，传出一个男人惨烈的叫声，空旷的夜空中显得格外嘹亮。

“你这是想帮我咬舌自尽呐！媳妇儿。”梁洛飞捂着嘴巴疼得直抽抽。

“让你再敢抛下我，跑到非洲去，怎么想都觉得我吃了大亏！”石榴眼里冒着火，嘴角却撇着笑。

“我可是经历过生死的人，这回就算你咬断我舌头，我也黏在你旁边！”洛飞边说边霸气搂过石榴，好似这已是他身体的一部分，绝不，绝不再弄丢的样子！

西南天际，一弯新月升起来了，虚虚的，淡淡的，朦朦胧胧，若有若无……

附文

追影

根生学物理的，姚远学新闻的，根生大姚远一届，他们同在一个社团，姚远负责后勤服务，根生负责宣传组织。

在丁香花开的季节，姚远手捧《穆斯林的葬礼》，蜷在长凳上入神地看着，不时擦擦两颊的眼泪，丁香花瓣轻轻拂过她脸庞，连天空下起了小雨也没打扰到她，根生本想走过去提醒她。远处跑过来一位打伞的同学接上了她，撑伞的两人渐渐走远……

文学社团活动，外出采访任务完成，返校途中，根生问姚远咋看那位受访的成功学长？姚远摊了摊肩膀："一个被成功的富二代！"笑声中根生觉得这位"丁香姑娘"很不同。

非典那年，学校封了校，社团也停了活动。宿舍楼里传来一阵女生哭声，戴着厚厚口罩的保安要带走一个体温超过 38 度的女生，女生哭得犹如生离死别般，丁香姑娘此时站了出来，硬是陪着她在隔离室待足了一个星期，俩人体温正常了才放回来。从此，丁香姑娘成了英雄。根生问她：你不怕吗？她笑靥如花，说："怕！怕得要死，不过，俩人怕总好过一个人吧！"

社团暑期临时任务，根生和姚远因为住在本市，被叫了回来。一个摄影一个撰文，每天他们穿梭在近 30 度的毒太阳下。根生问姚远："你也不怕晒黑？从不见你打伞。"姚远看向远方，自信地笑笑："本姑娘最大的理想是把美好新闻传播到世界的每一个角落，晒太阳不算个事！"阳光下，根生觉得姚远的脸好像绽开的丁香花，笑意写在她的脸上，洋溢着满足的愉悦。丁香姑娘采访时有股冲锋在前的劲头，为占据有利地形，去抢占各种"险"地，她说这是"抢头条"精神。

在最后一天采访时，姚远正要挤过包围的人群，不知被谁推了一下，没站稳，掉到了路边沟渠里，脚一直到开学还打着石膏。根生对她说：“以后采访别再那么拼了，这是一次教训。”姚远不以为然地笑笑：“我这离普利策新闻奖还差得远呢，这才哪到哪呀。”返校那天，同学们陆续返回校园，姚远打电话托根生把笔记本从社团取回来，根生把准备很久的纸条小心地夹到了本里。上面写的是他精心誊抄的《一棵开花的树》：“如何，让你遇见我？在我最美丽的时刻。为这，我已在佛前求了五百年，求它让我们结一段尘缘。姚远，我喜欢你。”快到她教室门口时，根生远远地看到那位送伞男生正搀着姚远走出教室，扶着姚远上了自行车，望着俩人离去的背影，根生默默抽回纸条……

毕业后根生去了研究所，姚远隔年去了电台，他平平静静地研究着课题，她风风火火采编新闻，俩人之间联系很少。根生参与的科研项目获了国家奖，电台派姚远采访所里的项目负责人勇。根生问姚远近况，她一副洒脱状，笑吟吟说：“老样子，一个人，一个相机，一支笔，挺好的。”根生犹豫了一下，还是想问：“你男朋友在哪工作？”“我还没男朋友，学新闻的女生按说挺好找男朋友的，不过，我例外吧，哈哈。”“那你脚骨折时，每天快递的那位是？”“哦，我发小，他不是我男友！”根生立在那半天没说话……因为采访的缘故，丁香姑娘需要经常来所里，根生又能经常看到她，看到她的微笑，那是他见过的世界上最温暖的微笑。根生下定决心要约姚远一起去看演出，正想着该怎么打电话跟她说。勇走过来神秘地告诉他，他向姚远已经正式表白，他们恋爱了。直到勇走远，根生都沉浸在无意识中……

勇和姚远要结婚了，看着姚远脸上洒落的阳光般动人的微笑，根生走到一旁默默地祝福她：“你一定要幸福！”就在他们结婚前一周，勇的项目出了问题，勇这次负主要责任，听说要被开除。自那天起，姚远满眼都是不安、担心，从没流过泪的她这次哭了。两天后，勇告诉姚远他没事了，她问他怎么解决的。勇欲言又止，只说：所里想办法解决了。姚远又恢复了往日阳光灿烂的笑容，只是从那天起，根生消失了，听说辞职去了国外……

三年后。

根生远行归来，飞机降落的一霎，他隐约有些担心，又有按捺不住的欣喜，他是带着最新的课题成果和专利回国，已找好投资准备创业。机场大厅，一抹阳光下，那个熟悉的身影出现了。恍惚间，根生觉得自己从未离开过似的。“姚远，怎么是你？你怎么……”他本想说：你怎么知道我今天回国，却又担心只是碰巧，而羞于开口。果然，姚远只是路过，“我去外地出差采访，航班还早，就到书店买本书，没想到这么巧碰上你了，根生。”根生倒不知该说点啥了，想了想问：“你和勇过得一定很幸福吧，当时很遗憾没参加你和勇的婚礼。”……半天，没听到姚远回答，根生这才抬头看看她，比以前干练了，更成熟了，依然是嘴角挂着那温暖阳光般的微笑，只见姚远歪着头正打量着他，足足盯了半天才开口：“当年，你为什么要承担那个项目后果，还一声不吭辞了职，做足了雷锋！”“我，我只是……”又是一阵沉默，姚远背起了包，向他身后猛走了几步，叹了口气又转回来，站在离根生不远的地方，说：“我和勇没结成婚，让你失望了！勇告诉了我你主动承担了一切责任后辞了职。我劝他主动向所里说清楚，请你回来，他拒绝了，我也拒绝了他！”姚远说完头也不回地走了。

几分钟后，机场广播里传来一阵播报：“姚远，我的丁香姑娘，我只想对你说：我爱你，不想再错过！”喇叭里不断播报着，唯恐机场来来往往的人听不到……

根生走出机场大厅，落日余晖下，映着漫天的彩霞，天空红得像一片海。根生抬头看向远方，远处天边刚刚划过两道长长的痕迹……

月·缘

八十年代，中秋节还不兴成盒的月饼，月饼都是现做的。各种谷物夹着芝麻白糖或是青红丝或者豆沙、枣泥之类的，外面裹上月饼皮，在炉子里烘焙烤制出锅，专用的月饼纸，配上喜庆红，外面点心绳一捆，就可以走亲访友了。

女孩这年九岁，坐在自家台阶上，手拿一块大月饼，正准备美餐一顿。院子里另一家的男孩在不远处看着女孩，忍不住咽着口水，看见女孩看他，他不好意思地低下了头。女孩站起来，朝他走过去，掰了一大块递给男孩，转身回到台阶上咬了一口剩下的月饼，冲男孩微微一笑，香喷喷吃着。男孩看着手里的月饼，再看看女孩，也笑了。

男孩女孩同年级不同班，在学校里碰上了，也从不说话，只是互相笑笑就赶紧走了。院子里住的人家多，他们俩也从不在一起玩。进出碰见了，也只注视一下，就赶紧走。后来，男孩搬走了，再后来，女孩也搬离了院子，住进了楼房。

中学时代，学校每天要上晚自习，学生都骑自行车上下学。这天，女孩下了晚自习，骑车回家，总感觉后面有人远远跟着，她想骑快点，后面那人跟着也快了。“碰到坏人了？”前面是个陡坡，得推车走一截，走了几步，明显感觉后面人也下了车。女孩的心咚咚地跳着，突然不知哪来的勇气，她回头定定地看向那个方向，原来是男孩！“你跟着我干吗？”“这一路灯都没有，太黑，我怕你一人不安全。”从那以后，男孩女孩下晚自习都是一前一后，风雨无阻。偶尔男孩跟在后面会唱起 Beyond《光辉岁月》这首歌，女孩在前面骑着会小声哼哼，到了女孩家楼下，男孩就调转车头蹬上自行车飞快往家骑。

随着高考的临近，高三的学习更紧张了。这天，月色皎洁，月光洒满了大地，再过几天就中秋节。男孩照例护送女孩到了楼下，只是破例走到女孩面前，欲言又止。女孩看他好像要说什么，问他："你，有事？""我，我爸让我回老家参加高考，以后不能送你回家了。"男孩说完调转车头，就要走，突然，又回头，说："你自己回家路上当心点儿，注意安全。"说完，飞快蹬起自行车消失在茫茫月色中。女孩呆呆站在月光下，想说"再见"好像男孩也听不到了……第二天，女孩没看到男孩，她这才意识到男孩已经走了，她要是跟他道个别就好了，问问他老家在哪？他打算考哪个大学。印象中那天晚上，天空挂着一轮圆月，把大地照得如同披上了一件银衣，静谧、皎洁。后来，女孩考上了心仪的北方大学，听同学说，男孩去了南方上大学，后来，听说出国了……

校园里，女孩跟同学并肩走在下晚自习的路上。"又要中秋节了，月亮好圆好亮呀，我爱吃五仁馅月饼，你呢？"女同学望着天空的月亮感慨着。女孩似乎想到什么，扭头看看后面，除了下晚自习的人群，并没有看到她想看到的人。"你听没听我说话，明天一起去买月饼吧。""好啊，我陪你去。"女孩在想他去哪里了，也在看月亮吗？

女孩研究生毕业后顺利留校了，中秋节她回家过团圆节。爸爸妈妈提起在老院子那条路上有一个做老式手工月饼的，味道和当年很像。女孩想着多年没去过老院子了，正好借着买月饼故地重游一下。到了地方才知道，原来的老院子早已拆迁，平地起了一幢幢居民楼，依稀能分辨出老院子的位置。问了几个人，才找到"做月饼"的那个棚子。远远的，就闻到了那熟悉的香甜味道。一个火炉子，旁边是揉面、制作、包馅、坨形状的一块地儿，整个月饼制作就一位白发老人在忙着，旁边等候买的有三四个人，女孩也排上了队。不一会她后面也排上了人。大家也都不着急，聊着天，谈论多是“月饼还是现做的好吃”“老东西营养价值高”“现做的月饼中秋味道足”。每次炉子里新烤出一锅，大家都伸着脖子，使劲闻着空气中弥漫的面食和谷物混合的味道。女孩等了很长时间终于排到了，拿了满满一兜子热乎乎的月饼，心想着赶紧回家和爸爸妈妈一起尝尝鲜儿。坐上出租车，女孩回头想再看看那个做月饼的铺子，忽然，她被一个熟悉的身影震动了，是他吗？出租车已驶出了老远，女孩不由得心怦怦跳，“回去看看”“算了，估计看错了”。“师傅，麻烦掉个头，我，我碰到一个熟人。”车再开到月饼铺前时，女孩跳下车，看了一圈，也没看到她想看到的人。一直到晚上，女孩还在脑子里回想着那个身影，她总觉得她没看错，不过，瞬间又否定“肯定看错了”。第二天中学班里同学聚会，吃完饭后，大家还没尽兴，又提出去唱卡拉 OK，回家时已挺晚了。女孩走进窄街道后，感觉后面有脚步声，开始觉得可能是路人碰巧也在往回赶，渐渐的，感觉不对劲，一定是后面这人故意跟着她。女孩心里敲着鼓，刚才同学还说最近治安不好，晚上有小偷之类的。“我真够寸的，这么巧就赶上了。”离家还有段距离，刚才爸爸还打电话说接她，她说有同学送她。“早知道就让爸爸接我了，这下怎么办？”越想越害怕，她快哭了，由快走变成了慢跑后来干脆跑起来，突然之间，身后响起了 Beyond 的《光辉岁月》。“是我，哈哈哈，你咋还是那么胆小。”女孩回头，眼睛还带着泪光。“原来是他！”刚刚的恐惧还未消失，一时间，女孩竟哭起来，自己后来也说不清当时为啥要哭，是害怕，是委屈还是别的什么原因。

再后来，你知道的，男孩女孩之间的爱情之花就此盛开，或许爱情本就是一早便结下的“缘分”。故事的题目，一块月饼引发的缘分，不如叫《月·缘》吧！

快·殇

北方人不爱出门，这是大家都知道的。在北方城市像什么房地产、服装生意都是南来的、懂经营的商人在捣鼓。90 年代，特别是进入 2000 年，北方人特别是农村的村民风行离乡背井去打工，有北上的，有南下的，更有踏出国门去见世面的。

伟斌小学上完后，初中和村里的伙伴混了一年，上到初二时没坚持几天就辍学了。伟斌有个小他两岁的妹妹，伟斌妈在生了妹妹后就离开了人世。姑姑看着妹妹太小，就接回去养了。虽然姑姑家还有一对儿女，日子过得也不宽裕，但看着嗷嗷待哺的婴儿，也是实在没办法！伟斌姑父是一个本分的庄稼汉，蹲在地上，半晌磕了磕手里的旱烟："再难也别委屈了这女娃，已经没妈了，以后就是我家里的娃娃。"伟斌的爸也没了主意，一边是刚刚咽气的老婆，一边是刚出生的饿得直哭的婴儿，还有一个一直要妈的两岁多的儿子。伟斌爸脑子一片空白，两眼红红的，也哭不出来，只安静地听从家里来帮忙招呼的姐姐和哥哥们安排。夏天天黑得晚，伟斌爸站在院里，微黑的院子，来帮忙的人熙熙攘攘，他搂着两岁的伟斌，轻轻拍着他的背。渐渐地，小家伙不哭了，两眼挂着泪珠，可怜兮兮的眼神，伟斌爸终于忍不住了，哽咽着，捂住嘴巴呜呜低沉沉地哭起来，突然感觉有人轻轻拍着他胳膊，抬起头，旁边没别人，才发现，幼小的伟斌正用小手在学着他的样子"拍"着他……

在伟斌爷爷和姑妈家的帮衬下，伟斌爸也算拉扯大了伟斌。那个年代农村还不重视教育，长得大点儿了，就帮着家里干点儿农活，后来，稍微有门路的就出去打工了。渐渐的，打工就成了农村的风气，好多年轻的小孩都觉得上学也上不出啥，上到初中，好点儿的初中毕业就要么回家帮着农活，要么学点儿修理的手艺，要么随着村里“本事人”出去打工。伟斌不上学后，跟着师傅学了一段修车的手艺，可能从小没妈的原因，村里人对他都比一般人友善。有个什么修车、摆弄个机器的机会，都愿意叫上伟斌。伟斌手巧，很多时候学几回就懂了，几年下来，渐渐地在乡里，甚至县里都小有名气。伟斌爸看着慢慢长大的儿子，想着：再过个几年，给儿子置一套院子，房子收拾收拾，给他找一门亲事，风风光光办个婚礼，也算对得起他死去的妈了。

村子里有个在北京打工的二小子“二虎”，在他舅舅开的宾馆里干活。伟斌是和二虎一块光屁股玩大的。二虎春节回来，来伟斌家找他聊：“你愿不愿意跟我去北京，我舅舅宾馆正好缺人手？”伟斌低头摆弄着一个手表，有人找他修一下。“我去了能干个啥，我过了年去县城里帮忙，都应了人家啦。”“在这穷地方你还能干出个啥！跟我出去闯闯吧，你想想告诉我，我等你回话。”晚上，伟斌躺在床上，辗转反侧睡不着，“我长这么大，最远就到过县里，这一辈子爸就够苦了，我要是出去，肯定比在这儿挣得多！”伟斌这么想了半宿，总算有了主意。跟父亲说了想法后，伟斌爸没想到这个事，但看孩子已经拿了主意，也就不好拦着了，开始准备伟斌要带的行李。就这样，伟斌稀里糊涂地跟着二虎到了北京。

一晃，伟斌在北京待了有六年了，刚开始他每年春节、中秋都回家一趟。后来，在宾馆干得熟了，升了小经理，也忙了，回的次数更少了。他后来跳了一回槽，当了前台经理，管三四个人，工资呢六七千块钱，除了给家里寄回去的，自己手里留的不多，刚好够自己吃喝。伟斌自己特别节俭，从不浪费钱。妹妹考上大学后，还定期给妹妹寄点儿生活费，叮嘱妹妹吃好点儿。眼瞅着，伟斌也到了该婚娶的年龄，在村里，他这年龄都生俩娃娃啦。可偏偏“皇帝不急太监急”，姑姑们和伟斌爸干着急，伟斌爸节衣缩食的，再加上伟斌这些年寄回来的，房子也新盖了二层楼，虽不是什么最好的材料、装饰，但在农村也说得过去了。

大城市待久了，伟斌见识多了，也就有自己的想法了。他虽然在北京没房没车，只是住在宾馆员工宿舍里，可这是首都呀，听到的，看到的，想到的比那个小县城都要长远，发展机会也多。他想开个修理公司，或者修理铺啥的都行。他在北京这几年，一直在踅摸地方，觉得南二环附近一个小区有一个小门面特别合适，房子没有产权，一口价“25万”，这价钱算便宜的了！伟斌找了几个一块儿打工的弟兄想办法，凑了凑也才不到四万，大头还没着落。最后想来想去，不想错失机会，给姑姑打了电话，姑姑答应帮她在村里凑凑。伟斌又给他爸打了电话，说了想法后，爸在电话里长叹一口气：“孩子，我本来想把房子再拾掇拾掇，院子里把地铺了，家具买买，窗户给搭上。既然你想开铺子，先紧着你吧！”在村子里借了借，加上伟斌爸的积蓄，姑姑和姑夫手里的积蓄，勉强够了，伟斌爸寄钱时，千叮万嘱：“这可是你姑姑，还有大伙的血汗钱，你可一定得把铺子开好呀！挣了钱赶快还人家。”伟斌在电话里让爸放心，自己一定把修理铺开好。就这样，伟斌把钱备足了，特地选好时间，双方签字画押，这铺子就算伟斌的“房产”了，伟斌看着这个空旷的不到十五平方的地盘，感觉心中无法形容的喜悦。“这是我的店了，这是我赵伟斌的店，我在北京第一家店，我以后要开连锁店，等干好了，把爸和姑姑他们都接来，享清福。”想着伟斌都美滋滋的。他马上就回到宾馆跟头儿递上了辞职报告。那位经理一再挽留，最后看他去意已定，也就说了一些鼓励和需要帮助可以回来找他之类的话。伟斌现在可是信心十足，他想好了：既然开在小区，普通老百姓有个家电、手机、家具维修等活儿他都接，在网上也注册个信息，总理讲话不都说“互联网 +”时代吗？在办好工作交接后，伟斌就正式开张营业了！他请几个哥们在门口摆了几个花篮，北京不让放炮，就放了几个假“炮”，图个喜庆，几个老乡一起，也算热闹了一下，修理铺就算开张了。

半个多月下来，也接了不少小单子，修手机、修洗衣机、通个马桶啥的，光小区内的活就不少，每天伟斌从早忙到晚，他合计着：照这个速度，不出三年，我伟斌就可以还清所有借款，而且再开大点。冬日的中午，阳光不强不弱，照得屋子里暖暖和和的。伟斌刚修好一辆儿童车，满手油乎乎，听见门外有人敲门。手也没顾上洗，赶紧开门迎客，来的是一对四十多岁的夫妇，伟斌笑着问：“您二位是要修什么？先请里面坐。”男士先开口了：“这个门面我们不打算租了，你收拾收拾搬地儿吧，小伙子。”伟斌还没搞明白，笑着说：“叔、姨，你们是不是搞错了，这铺子是我买的，我有签好的协议。”对方那位妇女开口道：“我们没搞错，这房子以前我们租给中介了，我们刚从外地回来，不想租了！”伟斌脸上的笑容霎时收住了，感觉对方不像胡说的人，转念一想，我有原来“户主”售房协议呐！“叔，您等等，我让您看我们签的售房协议。”对面男人开口了：“小伙子，你八成上当了。你看看我们的房本，你那协议根本是上别人当了，假的！”伟斌顿觉脚下都站不稳了，一口气差点没倒过来，呆呆立在那，下面那对夫妇说啥，他一个字也没听到，半晌他才想起给那个卖他房子的人打个电话。他手颤抖着找出“房主”电话，手机里传出“对方号码是空号”，他这才醒悟，自己是彻彻底底地被骗了25万！

老乡们听说了，都跑来安慰伟斌。有人让他赶紧报警，有人让他打听打听骗子的去向。伟斌觉得世界都塌了，看着刚刚建立起来的“事业”轰然塌了，他糟心透了！这些都是爸和姑姑还有乡亲们的血汗呀，咋交代呀……伟斌报了警，才知道是几个惯犯骗子，不止他一人还有好几人都被这一伙骗了。接下来，伟斌不知道该咋办！快到春节了，看到大街上熙熙攘攘的人群在置办年货，一个孤独的身影在大街上漫无目的地飘着。

伟斌借宿在老乡那里，老乡租了一间民房，除了一张床，一个桌子加一个煤气灶，房间里也再容不下其他东西。伟斌辗转睡不着，老乡一晚上呼声震天，伟斌越睡越清醒，干脆披上衣服走出去溜达。冬天的凌晨是极冷的，呼出的哈气都看得很清楚，街上空无一人，偶尔听到环卫工人扫街的声音。伟斌不知不觉已溜达到小区门口，想着回去的话吵着别人，于是干脆往附近公园溜达溜达。慢慢地晨练的人越来越多，约莫着老乡起床了，伟斌这才返回住处，刚走到小区门口，就看到了一个熟悉的背影，正跟小区门口保安问路。伟斌赶紧迎上去，“哥,你咋来了么？”伟斌说着去拿姑姑家大哥的行李。鹏胜一看是伟斌，高兴地拍着伟斌肩膀：“怕你不回家过年，我妈和舅舅让我来接你了么！”二人聊着招呼着回到老乡的租房里。伟斌没敢提起被骗的事情，他也不知道该咋说。老乡也已经起床了，看见鹏胜来了，热情招呼着他坐，寒暄过后就出去买早饭去了。屋里只剩兄弟俩了，伟斌想说实情，鼓足勇气：“哥，我被骗了！”鹏胜连看都没看他，搓着手，说：“知道了，家里人都知道了。”伟斌再也不想忍了，连日里的委屈，更多是愤怒全哭出来了，正当伟斌上气不接下气“呜呜……”时，大哥站起来，说：“回家吧，都等着你过年呢！”伟斌看了一眼大哥，双手捂住头沉沉地垂了下去。

年三十，兄弟俩回到了故乡，走到村口时，伟斌望着自己两年未踏进过的村子，眼前日新月异，耳边忽然想起那首《故乡的云》，“踏着沉重的步伐，归乡路是那么的漫长；我曾经豪情万丈，归来却空空的行囊”，不正是在说他现在这份酸涩吗！各家各户鞭炮此起彼伏，厨房里袅袅炊烟，飘着各式各样的香味，门口堆着一帮孩子们，捂着耳朵在比赛放炮。推开姑姑家的院子，院子早已收拾得利利落落，贴着年味十足的对联，听见门响，姑姑早就迎了出来，握着伟斌的手，脸上灿烂地笑着说：“回来就好，回来就好”。岁月的操劳，连续养了四个孩子，还要操持农活，这个女人早已不年轻，手上也满是茧，关切地看着伟斌：“饿了吧，你爸一直等着你呢，快进屋。”伟斌迈着沉沉的步子，他最害怕看见父亲，在门推开的一刹那，爸爸正站在桌子旁，冲他笑着扬手。在对视了父亲那双慈爱的眼睛，看着父亲花白的头发和过早佝偻的肩背时，伟斌忍不住了，他双膝跪在地上，哇哇地哭起来，像小时候被别人欺负了一样，回来找爸爸的怀抱哭诉。姑姑、姑夫在一旁都跟着抹眼泪，只听父亲低声说：“人好就都好着呢，别哭了，咱家男人不兴哭。”放寒假回来的妹妹一边搀扶着哥哥，一边把哥哥往餐桌旁带：“哥，我大学马上毕业了，我可以挣钱了！”

团圆饭桌上，每个人脸上都挂着笑，就好像伟斌从来没出过啥事似的。伟斌，被这浓浓的亲情包裹着，他做了一个决定：不走了!

在这个经济快速发展的时代，信息、资源、经济都不断膨胀，人们对物质生活的要求甚嚣尘上。背井离乡、辛苦打拼在不同城市的游子们，有过希望，有过无奈，更多的是遥望故乡无尽的思念。无论走多远，请记住亲情这“根”的怀抱……

后记

公众号连载完了，一直到书稿即将问世，我才动笔写后记。

写作过程中，我一直处于紧张和惶恐状态，唯恐思维的不甚严密和语言的贫乏无力，更是担心自己文字的粗陋与肤浅，驾驭不了人物和情节的发展。但我还是要写下去，当感情融于字里行间，才发现书中人物的命运走势，与其说是我在刻意安排，不如说我是在寻找自己，寻找着心灵的归属，苛责自己的同时，对石榴、洛飞、管鹏、王晓文等人物命运、感情不断地认同和升华。

我共写了两版结局，在公众号连载时是不同于纸质稿件结局的。源于我对人物角色在不同时期的不同认知。生命，如此脆弱，又如此坚强；如此平凡，又如此珍贵；如此渺小，又如此博大。一个人，只有经历生命中风雨的洗礼，才能绽放出生命中那朵芳香四溢的花，而使他们获得超越极限的美，恰恰是他们生命中所承受的痛。

这本小说取名《青春·无处安放》，首先它是讲述爱情的，相信爱情的善男信女们，都希望做爱情永远的守护者。而一个时代对感情的处理方式往往能彰显它的品质。说起时代，不得不提到在这个物欲横流，以市场为主导的经济时代，太多东西在改变，环境在变、物质在变、格局在变，人们变得越来越自我，彼此间的信任已经非常稀有，到底横亘在彼此人性当中起主导作用的是什么呢？物质、金钱、爱情、亲情、友情、责任……还是心灵的归属。也许，我们走得远了，走累了，就忘记了最初的本意，因此，不忘初心，坚守自己何尝不是我们整个时代的珍品。

图书在版编目（CIP）数据

青春·无处安放 / 常慧琴著. —北京：中国电影出版社，2017. 12

ISBN 978-7-106-04862-4

Ⅰ. ①青… Ⅱ. ①常… Ⅲ. ①长篇小说—中国—当代 Ⅳ. ①I247.5

中国版本图书馆CIP数据核字（2018）第001050号

青春·无处安放

常慧琴 著

出版发行 中国电影出版社（北京北三环东路22号）邮编100013

电话：64296664（总编室） 64216278（发行部）

64296742（读者服务部） Email:cfpygb@126. com

经　　销 新华书店

印　　刷 中国电影出版社印刷厂

版　　次 2018年1月第1版　2018年1月北京第1次印刷

规　　格 开本/880×1230毫米　1/32

印张/8　字数/190千字

书　　号 ISBN 978-7-106-04862-4/I·1211

定　　价 28.00元